ディテクティブ・ハイ

横浜ネイバーズ❺

岩井圭也

ハルキ文庫

JN119719

角川春樹事務所

CONTENTS

本書はハルキ文庫の書き下ろし作品です。

1．きみはアイドル

アイドルは「偶像」って意味らしい。でも「偶像」がどういう意味かは、いまだによくわかってない。わかったところで、俺《おれ》には関係ない。

そもそも、「ファン」という呼び方が俺は嫌いだ。「客」だろ。純粋に自分たちの活動を応援してくれているならともかく、俺たちとしゃべったり出かけたりするために大金を使うような連中が、純粋な「ファン」なわけがない。自分たちの欲を満たすためにやっているだけだ。

メンバーもみんな、言わないだけで心のなかでは思っている。俺たちがやっていることは、ホストと同じだ。地下アイドルという名前を与えられているだけで、実態は女を騙《だま》して都合よく金を浪費させているだけ。そうやって金を落としてくれる存在が、本当に「ファン」なのか？

俺たちは夢を見せて、夢の代価を払ってもらう。そして、その代価のうちほんの一部が落ちてくる。売上の大半を事務所がせしめていることは知っている。どこまでもセコい連中。

俺たちの仕事は、基本給と歩合給のミックスだ。ライブに出演して、SNSを運用して、事務所のYouTubeチャンネルに出る。これだけで基本給は出るけど、その額はびっくりするくらい少ない。高校生のおこづかいでも、もっともらえるだろって金額だ。だから俺たちは歩合給のために努力する。ライブの後で客と写真を撮り、どうでもいい話をして、貯《た》まったポイントに応じてサービスをする。

歌とダンスは自主練で覚える。振付師は動画を送ってくるだけで、一度も顔を見せないなんてこともよくある。だから不真面目《ふまじめ》なやつはほとんど歌えないし、踊れない。それでも客からの文句は出ない。しゃべりが上手《うま》かったり、簡単にハグしたりするから。要は、サービスがいいからだ。サービスがよければ、客はますますポイントを貯めようと頑張り、それだけ歩合給が増える。事務所もそういうやつをひいきする。

歌もダンスも、覚えなくたっていい。女を虜《とりこ》にさえできれば。

しかもそういうやつに限って、客を風俗で働かせるのが上手だったりする。さりげなく、でも確実に、女を追いこんでいく。俺はそんなの上達したくない。でも食っていくためにはやるしかない。バイトをやろうにも、拘束時間が長いからほとんどできない。アイドルになった時点で、俺の生活は詰んでいた。

前に島崎《しまざき》社長が言っていた。俺たちみたいに、女を丸めこんで身体《からだ》を売らせる人間のことを「ゼゲン」っていうらしい。

漢字でどう書くのかは、知らない。知りたくもない。

＊

喫茶店には、昼下がりのけだるい空気が漂っていた。

その一角にあるテーブルで、ロンこと小柳龍一《こやなぎりゅういち》は文庫本を読んでいる。祖父の良三郎《りょうざぶろう》が読んでいた時代小説だ。良三郎が「面白い」と言っていたため、最近借りて読んでいる。一巻から順に読んで、今は三巻に突入したところだ。このシリーズはさらに十巻以上あるというから、まだまだ楽しめそうだ。

やがて、店内に二十歳《はたち》前後の女性──涼花《すずか》がやってきた。文庫本から視線を上げたロンと目が合うなり、まっすぐに近づいてくる。向かいの席に座った涼花は「何読んでんの？」と尋ねた。

「時代小説」

「……どんどん、趣味がおじさんっぽくなっていくよね」

「偏見だろ。二十代が時代小説読んでもいいだろうが」

涼花はアイスティーを頼んだ。日付は十月に入ったが、夏のように暑い日が続く。手持ち扇風機の風を顔に当てながら、涼花は口を開く。

「ロンさんって、まだフリーター？」

「そうだけど」

「そろそろちゃんと働こうかな、とか思わないの？」

正面から投げつけられた痛烈な問いに、ロンは言葉を詰まらせる。

「……思うけどさ。会社員、向いてないし」

「そういうこと言って許されるの、高校生までだと思うよ？」

鋭すぎる一言がぐさりと胸に刺さる。ロンは沈黙するしかなかった。

「昨日、何時間寝た？」

「十時間くらい」

「寝過ぎ。人生損してるよ」

「……その辺にしてくれ。俺のメンタルがもたない」

涼花はガムシロップを入れたアイスティーを、おいしそうに飲んだ。十六歳の頃《ころ》は路上にたむろしていた彼女だが、その後高校に通うようになり、現在は横浜《よこはま》市立大学の看護学科に通っている。

「まあ、そうやってヒマそうにしてくれてるから、こっちも相談できるんだけど」

「それでなんだよ。相談って」

今日ここで待ち合わせたのは、他でもない。涼花から「相談したいことがある」と言われたためだ。中華街近くにあるこの喫茶店は、よく地元の先輩で警察官――岩清水《いわしみず》欽太《きんた》との打ち合わせに使っている店だった。

ロンが水を向けると、涼花は咳《せき》ばらいをしてから切り出した。

「私の友達に、メン地下を推してる子がいるの」

「メンチカ？」

「メンズ地下アイドル。略してメン地下」

いきなり未知の言葉が飛び出した。話を進めようとする涼花を、「待て待て」とロンは制止する。

「そもそも、地下アイドルってなんだ？　聞いたことはあるけど」

「そこから説明するの？　定義とか知らないけど、インディーズで活動してるアイドルって感じかな。テレビに出たり、大きいライブハウスに出演したりするのはメジャーなアイドル。メディア露出がほとんどなくて、人目につかない小さな劇場に出たりするのが地下アイドル」

涼花は最後に「だと思う」と付け加えた。彼女もあまり詳しくはないようだ。

「メン地下は、男の地下アイドルってことだな」

「そういうこと。で、私の大学の友達に、熱烈なメン地下のファンがいて……」

涼花の看護学科の友人は、半年ほど前から〈ヴェスパーズ〉という六人組メンズアイドルグループを応援しているらしい。なかでも特に応援している、いわゆる〈推し〉は郁斗《いくと》というメンバー。彼女はこれまで、郁斗のために約八十万円を費やしてきたという。

「八十万？」

金額を聞いたロンは、思わず訊《き》き返していた。眉《まゆ》をひそめた涼花がうなずく。

「あり得ないよね」

「どうやったら、半年でアイドルに八十万使えるんだ？　グッズとか？」

警備員のアルバイトをしているロンは、アイドルのコンサートでも警備をした経験がある。そのため物販の様子は多少知っているが、個人で何万円分も買い物をする例は珍しいはずだ。

「グッズもあるけど……メン地下では独特な仕組みがあって」

涼花の眉間《みけん》の皺《しわ》がさらに深くなった。

「メン地下の物販では、チェキ券って呼ばれるチケットを一枚買うと、ライブ後に推しと三十秒とか一分とか話せて、写真が撮れる。ヴェスパーズは一枚千円で、三十秒」

言われてみれば、有料でアイドルとのチェキを撮れる、というサービスは聞いたことがあった。軽い調子で「ふーん」と漏らすロンを、涼花はじろりとにらむ。

「それくらいならいいんじゃない、って思ってない？」

「いや……」

「チェキ券はね、一回のライブで十枚でも二十枚でも買えるんだよ。それに、ヴェスパーズの場合はチェキ券を一枚買うごとに一ポイント貯まるようになってる。このポイントが厄介なんだよ」

涼花はスマホを操作し、画面に表示されたメモ書きを読み上げる。

「貯めたポイントに応じて、推しにいろんなサービスをしてもらえる。たとえば、百ポイントで直筆の手紙がもらえる。三百ポイントでカフェでの三十分デート。五百ポイントで飲食店での二時間デート……」

「ちょ、ちょっと待ってくれ」

情報量があまりに多すぎた。

「五百ポイントって、五十万だろ。五十万払えばアイドルとデートできるってことか？」

「シンプルに言うとそういうこと。チェキ券は、ポイントを貯める手段に過ぎないんだよ。ファンの子たちはとにかくポイントが欲しいから、有り金全部突っこんで、チェキ券を買いまくる」

八十万円を浪費した理由が、ようやく見えてきた。

「涼花の友達は、それにハマってるわけだな？」

「その子、郁斗とデートしたいからって授業そっちのけでバイト入れて、生活も切り詰めて全財産ポイントに変えてる。目標は千ポイントだって。それだけあれば、日帰りで六時間デートできるらしい」

どう言っていいのか、ロンにはわからない。少なくとも、バカだな、と一蹴《いっしゅう》することはできなかった。〈推し〉への愛が人を暴走させることを、ロンはよく知っている。少し前にロンが関《かか》わった傷害事件では、アイドルグループへの愛情をこじらせたファンが犯人だった。

「でも、よく半年で八十万も使えたな。普通の大学生だろ？」

「まだ確証はないんだけど……どうも、最近パパ活はじめたみたい」

うーん、とロンは反射的にうめいた。若者文化に疎いロンでも、〈パパ活〉は知っている。裕福な男性をパパと称し、食事やデート、場合によっては性行為の対価として金銭を受け取ることだ。

「どうやって、って聞いてもしょうがないか」

「私もよく知らないけど。SNSとか、いくらでもやりようあるんじゃないかな。ヨコ西にいた時にもそういう話よく聞いたし。若い女ってだけで、寄ってくる男はいくらでもいるから」

妙に重みのある台詞《せりふ》だった。涼花には、かつて横浜駅西口、通称ヨコ西に入り浸っていた過去がある。ロンと知り合ったのもヨコ西で起こった飛び降り事件がきっかけだった。

この時点でロンは依頼内容をほぼ確信していたが、念のため尋ねておく。

「涼花は、その友達にパパ活をやめさせたいんだな？」

「それだけじゃない。郁斗ってやつを成敗したい」

成敗。奇《く》しくも、先ほど時代小説で目にした言葉だった。

「具体的には？」

「アイドルを辞めてほしい。ファンに何十万も払わせて平然としてるようなやつ、アイドルやる資格ないよ」

うなずきつつ、ロンの顔は自然と渋くなっていく。

――また、難題だな。

涼花の話が正しいならば、この問題は郁斗というアイドル個人が原因ではない。ヴェスパーズというグループ、さらに言えばグループ活動をプロデュースしている事務所そのものの問題だ。しかし、違法行為とまでは言えない気がする。

郁斗を辞めさせれば、涼花の友人は大金を浪費する「推し活」から手を引くことができるかもしれない。しかし、ヴェスパーズについているであろう何十人ものファンたちはどうなるのか。本気で問題と向き合うなら、事務所にこのシステムを止《や》めさせるしかないのではないか。

「ロンさん。私もできるだけのことやるから、一緒に解決してくれない？」

上目遣いで見やる涼花から、ロンは顔を逸《そ》らした。この目には弱い。きょうだいのいないロンにとって、涼花は妹のような存在だった。正面から懇願されて、拒絶できるはずがない。それに、困っている隣人《ネイバーズ》たちに手を差し伸べるのはロンの信条だ。

「……やれるだけ、やってみる」

「さすがロンさん！」

涼花の顔がぱっと明るくなる。

「けど、やるなら半端じゃダメだ。この運営のやり方自体、止めさせないと」

「それは、そのほうがいいけど……どうするの？」

「まあ、色々試すよ」

まったく当てがないわけではない。ロンの頭のなかには、この問題に詳しそうな人物の顔が二、三浮かんでいた。涼花は相談に乗ってもらえたことでいくらか安堵《あんど》したのか、表情が緩んだ。

「ところでチップ、元気か？」

涼花の恋人は、元同級生でプロゲーマーの佐藤智夫《さとうともお》である。ネット上では「チップ」という名で活動している。涼花は即座に「超元気」と答える。

「高校卒業してからますますイキイキしてる。あいかわらず、FPSの神って呼ばれてるし。今度、大会出るためにロサンゼルス行くんだって」

「すごいな、みんな」

ロンは素直に感嘆した。同じ場所で足踏みしたり、引き返そうとしていた仲間たちは、前を向いて歩き出している。自分だけが高校を卒業してから変わらず、フリーターを続けてぶらぶらしている。

涼花はにやりと笑って、チップの言葉を代弁する。

「この間言ってたよ。ロンさんがいなかったら、俺はプレイヤーとしてはとっくに引退してた。今の生活が充実してるのはロンさんのおかげ。だから次の大会で優勝したら、賞金使って中華街でぱあっとフルコースおごる……って」

クールなチップの横顔を思い出すと、口元がほころんだ。

「期待して待ってるわ」

ロンが停滞しているんじゃない。仲間たちの前進が速すぎるだけだ。とりあえず、今はそう思うことにした。

ディスプレイに映るヒナの顔は、いつも通り端整だった。切れ長の目や通った鼻筋は、作りこまれた彫刻のようでもある。ただ、ウェブ会議ツール越しであってもわかるほどに、その顔色はすぐれない。

「疲れてる？」

ロンの問いかけに、ヒナは「まあね」と応じる。

「講義も再開したし、それ以上にサークルのほうがね……いきなり木之本《きのもと》さんがいなくなったからバタバタで。流れとはいえ、サークル幹部になっちゃった以上は関わらないわけにいかないし。まだ一年だし、スキルだって全然追いついてないのに……」

ヒナが所属するインカレサークルでは、先日、代表がポルノ頒布《はんぷ》で逮捕されるという一大スキャンダルが起こった。現在は、副代表だった先輩が代表を務めているらしく、ヒナもサークル幹部として運営に関わっている。

代表の犯罪行為が明るみに出たことで、一時は解散も検討されたらしい。だが、所属するエンジニアたちに罪はない。技術力が高いこともあり、解散を惜しむ声が上がったことから、サークルは継続の道を選んだ。

「とはいえ、木之本さんの負の遺産が多くてさ。あの人、IT企業の経営者にもたくさん知り合いがいたみたいで、その人たちが手のひら返してうちのサークルを叩《たた》くせいで、対応が大変なんだよ。寄付の約束までしてた人もいるみたいだし……使ってたシェアオフィスも追い出されるし。新しい代表は、木之本さんの金魚のフンみたいな存在で頼りないし」

よほどストレスが溜《た》まっているのか、ヒナの愚痴は止まらない。

「それでも解散はしないのか？」

「だって、わたしたちは悪くないもん。腐ってたのは木之本さんだけ。わたしたちが遠慮する必要なんか、どこにもない」

力強い一言に、ロンの胸は温かくなる。引きこもっていた頃のヒナなら、ここまで自我を通すことはできなかっただろう。落ち度があったのかもしれない、と自分を責め、思い悩んでいたはずだ。だが着実な成功体験が、彼女に自信を与えていた。

「そろそろ本題入る？」

「ああ、うん」

ヒナはてきぱきと話を進める。涼花の件は、数日前に電話で相談していた。ヒナにとっても無視できない頼みだったようで、「涼花ちゃんの悩みを放《ほう》っておけるわけない！」と言っていた。

「ヴェスパーズの件、さっそく調べたよ」

自称〈SNS多重人格〉であるヒナは、架空のペルソナを作り上げ、複数のアカウントを並行して使いこなしている。自宅に引きこもっていた時期からの習慣だが、今でも続けているという。ロンは「素朴な疑問なんだけど」とディスプレイのなかのヒナに問いかける。

「そんなに忙しかったら、SNSやってるヒマないんじゃないか？」

「逆だよ。ストレスが溜まってる時ほど、現実逃避したくなるの。今回はアイドルファンの十九歳の女性のアカウントを使ったんだけど、熱中しすぎて危うく講義の課題忘れるところだった」

話しながら、ヒナは自分の画面をロンに共有する。ディスプレイに文書ファイルが表示された。ヒナの手製のレポートのようだった。

「このファイルは後で送るね。結論から言うと、ヴェスパーズはかなりあくどいやり方してるみたいだね。ちょっと調べただけで、物騒な噂《うわさ》がボロボロ出てきた」

「たとえば?」

「これ、見てくれる?」

レポートには、ヴェスパーズの六人のメンバーごとに、ファンの証言がまとめられていた。ざっと見ただけで、〈神ファンサ〉や〈固定ファンサ〉という言葉が頻出することがわかる。

「ファンサ、って?」

「ファンサービスのこと。普通は、アイドルがライブの最中にファンを指さしたり、手を振ったりすることを言うんだけど……ここで言われてるファンサは、ちょっと意味が違うよね。肩を抱いたりとか、ハグとか、アイドルにしては距離が近すぎる」

解説しながら、ヒナは顔をしかめる。

特に多くの情報が寄せられているのが、〈琉久《りゅうく》〉というメンバーだった。

〈りゅくの神ファンサ、生で体験したけどやばかった〉

〈琉久に触れられたの一生の思い出〉

〈今月だけでりゅく氏に百万ぶっこんでるの我ながら草〉

一方、郁斗の欄にはほとんど情報がない。レポートには公式ウェブサイトに掲載されている顔写真も貼《は》られていた。

ロンは改めて、郁斗の画像を見つめる。色白で、髪は金色に染めていた。年齢は非公開だが、二十歳くらいだろうか。うっすらと紫のアイラインを引いている。琉久も郁斗も驚くほどの美形だが、画像がいくらでも加工できることはロンも知っていた。

「一番人気は、この琉久ってやつかな」

「だろうね。ファンサがすごいって投稿がたくさんあった。どうも、ポイントごとに決められた以上のサービスをしてくれるみたい。具体的には書いてなかったけど……それに比べて、郁斗に関する情報はあんまり見当たらなかった。ヴェスパーズのなかでは、そんなに派手にやっていないのかもね」

「でも涼花の話だと、郁斗に八十万使ったファンがいるのは事実だからな」

メンバーによって程度に差はあれど、ポイントシステムに組み込まれていることは間違いない。ヒナが手元のマウスを操作すると、別の画面へ切り替わった。ＳＮＳのプロフィール画面が映し出される。

「ヴェスパーズのファンの子のアカウント。この子は琉久にひと月で二百万貢いだって豪語してる。金額を明言しているファンのなかでは、たぶん最高額」

アカウント名は〈ななぽ〉。素性はわからないが、投稿の端々から若い女性らしいと推測された。

「この子もそうなんだけど、ヴェスパーズのファンはパパ活やってる子が多い気がする」

「そんなこと、大っぴらに言ってるもんなのか？」

「隠語でわかるの。わかりやすいところで言えば、〈ＰＪ〉は〈パパ活女子〉。年齢とか生まれた年、身長とか体型に関わる情報が載ってるのも特徴ね。あと、絵文字でどこまでサービスできるかも書いてある。お茶のマークだったら、お茶ならＯＫ、とかね」

表示されている〈ななぽ〉のアカウントは、そのすべてを満たしていた。

「涼花ちゃんの友達もパパ活やってるんだよね？」

「確証はないって言ってたけどな……でも、ただの偶然じゃない感じだな」

ヒナは「わたしもそう思う」と言う。

「どういう手口かわからないけど、ヴェスパーズのファンをパパ活に誘導するルートがある気がする。ファンコミュニティの性質なのか、アイドル自身がやってるのか、そこまではわからないけど……」

「これは？」

「事務所が関わってる可能性もあるよな」

「もちろん。というか、このシステムを作ったのが事務所なら、むしろ主犯の可能性があるね」

そう言って、ヒナは画面をまた切り替える。今度はそっけないテキストが表示された。社名や本社所在地など、企業情報が記されている。

「ヴェスパーズの事務所も調べた。所属しているのはメン地下ばっかりだね。代表は島崎ナギコって人。三年前に設立された会社で、その前に代表が何をやってたのかはちょっとわからない」

仕事の速さに舌を巻きながら、ロンは事務所の情報をスマホにメモする。

「とりあえず、現時点でわかってることはこれくらい。これから郁斗のファンを中心に深掘りするつもりだから、また何かわかったら伝える」

「頼む」

ヒナの調査能力が高いことは前々から知っているが、このところ、その手腕に磨きがかかっている気がした。

「ヒナが幼馴染《おさななじ》みでよかったよ」

ぽつりと言うと、ヒナが「ん？」と目を細め、カメラに顔を近づけた。その表情は何かを期待しているようにも見える。

「それは、どういう意味で？」

「いや、いつも協力してくれるから頼もしいなと思って」

ヒナは続く言葉を待っていたが、ロンが何も言わないとわかるとため息を吐《つ》いた。

「そうですか」

言い残すと、ヒナは前触れなくウェブ会議から退出した。

「あれ？」

取り残されたロンは、突然自分の顔が映し出されたことに驚きつつ、首をかしげた。


平日の夜、ロンは横浜駅近くのライブハウスにいた。出入口の周辺では、友達との待ち合わせか、数名の女性たちが所在なげにスマホをいじっている。

何はともあれ、現場を見ないことには実態がつかめない。そう考えたロンは、調査の第一歩としてヴェスパーズのライブへ足を運ぶことにした。

この日のために、メン地下の現場については多少勉強してきた。浮かないようにキンブレ（電池式ペンライト）も買ったし、動きやすいスニーカーを履いてきた。チェキ券の買い方やマナーも勉強してきた。が、それでも完璧とは言えない。界隈《かいわい》によっては、マナー違反をすると猛烈に怒られることもあるらしい。

――ま、怒られたらその時だ。

気後れしない、と言えば嘘《うそ》になるが、気にするほど周囲もロンに関心など持っていないだろう。開き直って、堂々と出入口を抜ける。端末にチケットのＱＲコードをかざし、立ち番のスタッフに身分証明書を見せると、ライブハウスの奥へと通された。チェキ券売り場を見つけたロンは、一目散にそちらへ進む。

「郁斗で、二枚」

この注文方法が正しいかはわからないが、二千円払うと、紙のチェキ券を二枚もらうことができた。

開演時刻が迫るにつれて、ライブハウスに熱気が充満していく。今日は三組のグループが合同で出演するライブだ。そのせいか、漏れ聞こえる会話の内容もバラバラだった。単独で来ている参加者も多く、見たところ三、四割は一人だった。ただ、男性客は一割にも満たない。

やがてライブが開演した。ヴェスパーズの出番は一番目だ。

最前列周辺のファンは、妙に殺気立っている。詳しくは知らないが、たしか最前列に陣取るためのルールもあったはずだ。ロンは大人しくなかほどで見物することにした。一応、手にはキンブレを握っておく。

一斉に照明が落とされる。次にライトが点灯した瞬間、ステージ上に六人の男たちが現れた。ほうぼうから黄色い声が上がる。音楽が流れ出し、いきなり歌がはじまった。ロンはステージ上に視線を走らせる。

目当ての郁斗は、向かって右端にいた。ラメの入った衣装を身にまとい、歌いながらキレのあるダンスを披露している。

郁斗のメンバーカラーは紫だ。とりあえず、キンブレを紫色に光らせて振ってみる。すると、一分もしないうちに隣の女性から声をかけられた。スーツを着た、ロンと同年代の女性である。

「あの。あの！」

「……はい？」

見れば、女性は怒りに顔を染めていた。手にしたキンブレは紫に点灯している。

「横連《よこれん》なんで、やめてもらえますか」

「……ヨコレン？」

「同じカラーで二人並んでたら、郁斗が誰《だれ》に手を振ったかわからないですよね？　後から点《つ》けた人が、色変えてほしいんですけど」

ネットで、横連や縦連《たてれん》は避けること、というルールを見たことを思い出す。ロンは「すみません」と慌てて色を変えた。また横連になると困るから、とりあえずメンバーカラーではない白色にしておく。

——俺は、何のためにペンライトを振ってるんだ？

そう思いつつ、惰性で右手を動かす。

最前列からはコールらしきものが聞こえる。「あーいしーてるー」という言葉はかろうじて聞き取れたが、ほとんど何を言っているのかわからない。ロンは楽曲とダンスに集中することにした。

素人目にも、郁斗はダンス上級者に見えた。少なくとも、六人のなかでは最も上手い。ソロパートはさほどないが、歌声もいい。反面、一番人気と思《おぼ》しき琉久のダンスはミスが多く、緊張感に欠けていた。

ＭＣの時間を挟んで、四十分でライブは終了した。この後は別グループが出演するため、ヴェスパーズのファンたちは一斉に後方へ移動する。ロンは外の空気を吸うためいったん屋外へ出た。このライブハウスでは、チケットがあれば再入場できる。

「あの」

突然、路上で声をかけられた。振り返ると、先ほど横連を指摘してきたスーツの女性だった。また、何か怒られるのだろうか。身構えるロンに投げかけられたのは、意外に穏やかな声だった。

「ライブ、初めてですか？」

「はい。さっきはすみませんでした」

「それはもういいです。郁斗が推しなんですか？」

「あ……はい、まあ」

「私もそうなんです。正直、郁斗推しって珍しいんですよね。ちょっと話しません？」

ロンは内心、ガッツポーズをする。ヴェスパーズファン、それも郁斗推しから話を聞けるのは願ってもないチャンスだ。彼が普段、どのようにファンと接しているのか聞き出せるかもしれない。

ロンが名乗ると、スーツの女性は「中村《なかむら》です」と言った。見たところ、普通の若手会社員だ。仕事が終わってそのままライブに駆けつけたのだろう。ロンがガードレールにもたれかかると、彼女もそれを真似《まね》た。

「偉そうに言ってるけど、私も郁斗を推しはじめたの、一年前なんです」

ペットボトルの緑茶を飲みながら、中村は話した。

「YouTube見てたら、勝手に知らない動画が提案されること、あるじゃないですか。それでヴェスパーズのチャンネルの動画が流れてきて。知らない男の子たちがワチャワチャやってるなー、って感じで見てたら、一人だけノレてない人がいて。なんか気になって、ずっと見ちゃったんですよね」

「それが、郁斗だった？」

中村はこくりとうなずく。

「郁斗は歌もダンスも一生懸命で、誰よりもレッスンやってる跡が見えるんですよね。あんまり大きい声じゃ言えないけど、ヴェスパーズって、みんな基本ヘタじゃないですか？」

　耳打ちするように、中村は声を潜めた。

「ガチ恋営業っていうか……チェキがメインで、ライブにあんまり力入れてないですよね。事務所がそういう方針なんでしょうけど」

「かもしれないっすね」

「でも、郁斗は違う。郁斗だけは、本気でアイドルやろうとしてるんですよ。小柳さん、どう思います？」

　うーん、とロンはうなる。

「たしかに、郁斗は別物って感じですよね」

「ですよね！」

「でも結局、郁斗もポイントごとにサービスやってるんですよね。デートとか」

「……小柳さん、郁斗を推してるんですよね？」

　中村は明らかに疑いの目で見ている。ロンは慌てて、「だからこそですよ」と取り繕った。

「あれだけ真面目にやってるのに、変なシステムに加担するのはもったいないと思って」

「しょうがないじゃないですか。やらないと辞めさせる、って脅されてるんだから」

「そうなんですか？」

「噂ですけど……他のメンバーのファンに聞きました。事務所の社長が、かなり癖が強い人らしくて」

島崎ナギコ、という名前がロンの頭の片隅をよぎる。

「小柳さん、郁斗の前世って知ってます？」

「ぜ、前世？」

「前にいたグループ、って意味」

ああ、とロンは安堵する。話題が急転換したかと思ったが、勘違いだった。

「中村さんは知ってるんですか」

「はい。そういうの、特定するのが趣味の人がいて。ネットで見ちゃいました。郁斗は今の事務所に入る前、小田原《おだわら》のご当地アイドルだったらしいです。名前も雰囲気も違うから、ぱっと見別人ですけど」

スマホを操作した中村は、「これ」と画面をロンに見せた。黄色い衣装に身を包んだ七人組が、小田原城をバックに笑顔で写真に収まっている。

「このなかで今でもアイドルを続けてるのは郁斗だけ。三年前に解散した時、社長が郁斗をスカウトして、事務所に入れたんですって。で、解散から一か月後にはヴェスパーズとしてデビュー」

ロンは「なるほど」と相槌《あいづち》を打つ。そういえば、事務所が設立されたのも三年前だった。

中村は不満げに口を歪《ゆが》める。

「おかしいと思いません？」

「何が？」

「早すぎる。前のグループの解散から一か月でデビューしてるってことは、ロクに歌もダンスも練習してないってことですよ。この事務所にいるのは、そういう急ごしらえのグループばっかりです。しかも、どこもポイント制を採用してる。つまり最初から、パフォーマンスなんかどうでもいいんです。チェキ券で稼ぐ気マンマン」

もう一度、ロンは「なるほど」と言う。島崎という事務所代表にとって、ライブは添え物に過ぎないということか。

「郁斗が脅されてるっていうのは？」

「琉久を推してる子から聞いたんですけど。その子が琉久とデートした時、雑談中にぽろっと言ってたんですって。『俺ら、社長の言うこと聞かないとクビだからなー』って」

核心に近づいている感触があった。ロンは「そうなんですか」と大仰にリアクションして見せる。中村は「ひどいですよね！」と憤慨した。

「みんな、前は地方でくすぶってたんですって。それを島崎社長がかき集めてグループにしたんだけど、デビューの条件が『事務所が指示するファンサに従うこと』だったらしくて。それができなきゃ辞めさせる、って。メンバー全員、脅されてるんですよ。だからやるしかない」

「でも、そこまでサービスしなくても……」

「金額は知らないですけど、チェキ券の売り上げに応じて各メンバーにボーナスが支給されるらしいです。だから、一部のメンバーはすごくやる気で。琉久がファンサいいのも、たぶんお金のためですよ」

事務所は「従わないと辞めさせる」というムチだけでなく、ボーナスというアメも用意しているのだ。だからこそ、ヴェスパーズのメンバーたちは積極的にファンサをするようになる。

中村は無念そうに、ペットボトルを強く握りしめた。

「郁斗は純粋に、ステージに立ちたいだけだと思うんです。なのに、物販ばかりやらされる羽目になって。だからせめて、ライブ中は一生懸命応援したいんです」

ロンは中村の話をしっかり脳裏に刻む。裏を取る必要はあるが、事務所の内実はだいたい見えてきた。しかしまだ、訊きたいことは残っている。

「噂で聞いたんですけど、メンバーがパパ活やらせたりとか……」

「郁斗はそんなこと、しない！」

ムキになった中村が怒声を上げた。しかしその直後、自信を失ったようにうなだれて「でも」と言う。

「正直、琉久とか他のメンバーはやらせてるって聞いたことあります。パパ活やれば、とか、夜のお仕事やってよ、とか普通に言うらしくて。推しからそんなこと言われたら、やるしかない、って思う子もいますよね」

ロンは目を細め、暗い夜空を見上げた。

やはり、パパ活をやっているファンが多いのは偶然ではなかった。メンバーから勧められれば、ファンにとっては神の声に聞こえるだろう。推しに恋しているなら、なおのことだった。

「歌やダンスがヘタなのも、当たり前ですよね。そんなことやってるんだから」

寂しげにつぶやいた中村は、スマホで時刻を確認すると「あっ」と叫んだ。

「そろそろ物販なんで、戻りますね。並びはじめは、自分で最後尾の札を持ってください。自分の番の直前でネクスト札渡されると思うんですけど、愛想よく応対すること。あと、物販監視はやめてくださいね」

「物販監視？」

「自分の番じゃないのに、他の人のやりとりをジロジロ見ること。失礼ですから」

中村のアドバイスはほとんど理解できなかったが、とりあえず「わかりました」と応じる。駆けていくスーツの後ろ姿を見送りながら、ロンはやるせなさに襲われていた。あれだけ事務所に批判的だった中村も、物販の時刻が近づいてくると、いそいそと会場へ戻っていく。きっと、たくさんのチェキ券を購入しているのだろう。

不健全な部分があると頭ではわかっていても、アイドルと触れ合える魅力には抗えない。しかもチェキ券を買うことが、ボーナスという形でアイドルへの金銭的な「応援」になる仕組みでもある。ファンが身銭を切ることを正当化する理由が、何重にも用意されている。

――よくできてるよなぁ。

感心してばかりもいられなかった。パパ活や風俗で働かざるを得ない状況にさせることが正しいとは、ロンには思えない。

重い腰を上げてライブハウスに戻ると、とうにライブは終わり、物販の長い列ができていた。行列は整然としている。一番後ろに並ぶファンが「最後尾」と記された札を掲げていることもあって、一目で誰の列かわかった。ヴェスパーズのなかでも、郁斗の列は明らかに短い。その列の最後尾に並ぶ。

十五分ほどでロンの順番が巡ってきた。ロンはチェキ券を二枚、近くにいたスタッフに渡した。これで一分は話せる。

紫の衣装をまとった郁斗は、公式サイトの画像よりも多少肌が荒れているし、鼻も低いような気がするが、それでも端整な顔立ちには違いなかった。髪は綺麗《きれい》に金色に染められている。

目が合うなり、郁斗は目を輝かせた。

「ありがとうございます。初めてですよね。嬉《うれ》しいです」

自然にロンの手を握った郁斗は、爽《さわ》やかな笑顔を浮かべる。距離の近さに戸惑いながら、「いえ」と返す。

「でも俺、二枚しかチェキ券買ってないですけど」

「何枚でも関係ないですよ。一枚の人もたくさんいますし。男の人が来てくれることって正直少ないんで、ありがたいです。嬉しいなぁ。どこかでパフォーマンス見て、ライブ来てくれたんですか？」

郁斗は本心から喜んでいるようだった。ロンは少しだけ胸が痛む。

「知り合いが、郁斗さんのファンで……」

「へえ。今日は一人ですか？　どの辺から？」

郁斗は口早に質問を繰り出す。それに答えているうち、あっという間に一分が経《た》ってしまった。スタッフから終了を告げられると、郁斗は名残惜しそうに再び手を握る。

「もっと話したかったぁ。ＳＮＳやってるんで、よかったらフォローしてください。また来てくださいね！」

ロンがその場を去ると、後ろに並んでいたファンが郁斗と会話をはじめた。列のなかほどには中村の姿もあった。ロンより先に行ったはずだから、並び直しているのだろうか。手にはチェキ券を十枚、握りしめている。

──あれで一万円か。

ライブハウスの外に出て、夜の繁華街を歩く。横浜駅西口近くの飲み屋街は盛況だった。酔客たちを避けながら歩きつつ、ロンは自分の手のひらを見つめる。この手を握りながら、満面の笑みで話していた郁斗の顔を思い出す。

ちょっとだけ、本当にちょっとだけだが、中村の気持ちがわかったかもしれない。


「申し訳ありません。そちらの界隈は不案内なもので、お教えできることはなさそうです」

電話の向こうから、恐縮しきったピロ吉《きち》の声が聞こえる。

ロンの知り合いで最もディープなアイドルファンは、ピロ吉である。何しろアイドルグループ〈花《はな》ノ園《その》女子学園〉、通称ハナジョを二十数年前から追いかけている最古参ファンである。ピロ吉ならメン地下についても何か知っているのではないかと期待して電話をかけたが、さすがに守備範囲外だったようだ。

自宅の部屋から電話をかけたロンは「ですよね」と答える。

「小柳先生の頼みですから、お答えしたいのは山々なんですが。何しろ女性アイドルとメンズアイドルでは、まったく異質な文化でして……」

「ピロ吉先生のせいじゃないですよ。気にしないでください」

ピロ吉は何度も「面目ない」と繰り返した。

「蒼太《そうた》くんの件といい、小柳先生には助けてもらってばかりですから」

「いえ。むしろ、蒼太と会わせてくれて感謝してます」

この六月、ロンは予備校講師であるピロ吉の紹介で、久間《くま》蒼太という小学生と友達になった。天才エンジニアである蒼太には、今年の夏、ある事件解決に協力してもらったばかりだ。

「直近二十年の女性アイドルシーンに関する知識であれば、日本で五指に入る自信があるのですが……ハナジョを応援するなかで、あらゆる情報を蒐集《しゅうしゅう》してきたので」

ピロ吉は悔しさの滲《にじ》む声で言った。彼もまた、違う意味で天才なのかもしれない。

ふと、ロンは前々から気になっていたことを思い出した。知り合いに一人だけ元アイドルがいるが、ロンは彼女がアイドルだった頃のことを知らない。ピロ吉なら、詳しく教えてくれるかもしれなかった。

「興味本位なんですけど、質問いいですか」

「私に答えられる範囲であれば」

「だいぶ前に引退した、稲尾《いなお》ユリカ、って知ってます？」

ピロ吉は裏返った声で「ちょ」と言った。

「当たり前じゃないですか！　イナユリ前後で、アイドル業界が一変したといわれるほどの超大物ですよ！　テレビのCMやドラマにもさんざん出演していたのに、ご存じないんですか！」

「……すみません」

謝りつつ、知り合いだと言わなくてよかった、と安堵する。言えば、ピロ吉はさらに興奮していたかもしれない。

稲尾ユリカ——本名伊能優理香《いのうゆりか》と知り合ったのは、ロンが隣人たちの相談に乗るようになった二十歳の時だった。優理香は現在、アイドルという経歴を伏せ、新横浜のデザイン事務所で働いている。

電話の向こうでピロ吉が咳ばらいをした。

「失礼、取り乱しました。とにかくイナユリは、アイドルファンに限らずよく知られた存在です。引退したのはもう十数年前ですが、いまだにイナユリの幻影を追いかけているファンがいるほどです」

「稲尾ユリカの、何がそんなにすごかったんですか？」

優理香はたしかに美人だが、率直に言って、アイドルの面影は感じられない。ふむ、と言ってから、ピロ吉は講義のような口ぶりで語る。

「私の見立てでは、主に二点あります。一点は、圧倒的なカリスマ性。言語化するのは非常に難しいんですが、あえて言うなら、生まれてからずっと注目され続けてきた人間だけが持つ意志の強さというか」

「もう一つは？」

「ファンサービスです。イナユリはファンに一ミリも媚《こ》びなかった」

なぜか、ロンは郁斗の笑顔を思い出した。

「彼女はライブのたびに、『みんなの人生に責任持てないからね』と言っていました。アイドルの応援だけでなく、一人の人間として生活を充実させろ、と繰り返し訴えたんです」

「応援するな、って言ってるようにも聞こえますね」

「普通のアイドルならあり得ません。彼女が言うから、ブランディングにつながった。イナユリが発する正論の前では、他のアイドルが偽者に見えてしまうんです。握手会で名前を覚えてくれてたとか、そういうことがどうでもよく見えてしまう。あれこそが、本物のファンサービスだったのかもしれません」

しみじみとしたピロ吉の言葉には、妙に重みがあった。

「今頃どうしているのかなぁ。ところで、なぜイナユリのことを？」

「あっ、いえ、ちょっとネットで名前を見かけたんで」

適当にごまかして、ロンは通話を終えた。

稲尾ユリカ、もとい伊能優理香のことを尋ねたのは、ほんの気まぐれだった。メン地下界隈で起こっていることについて、彼女が何か知っているとは考えにくい。だが、にわかに元カリスマアイドルの見解も聞いてみたくなった。

――まだ、会ってくれるかな？

優理香とは長らく顔を合わせていない。スマホに登録した番号を呼び出しながら、少しだけ懐かしい気分に浸った。


夕刻。ロンが新横浜のカフェに着くと、待ち合わせの相手が立ち上がって手を振った。

「小柳さん。こっちー」

頭上に掲げた手をひらひらと振っているのは、三十代なかばの女性だった。服装は目立たないが、微笑を浮かべたその顔には隠しきれない華がある。ロンは店員に断ってから、向かいの席に腰を下ろした。

「すみません、お忙しいところ」

「全然。久しぶりに連絡くれて、嬉しかったです」

伊能優理香は紅茶を口に運び、艶《つや》のある唇で笑った。

会社員の夫と離婚した優理香は、引き続き相模原《さがみはら》で一人暮らしをしているという。デザイナーの仕事について話す彼女の顔は楽しげだった。

「実は独立も検討しているんです」

「順調ですね」

「おかげさまで。あの時離婚できてなかったら、まだ引きずってたかもしれません」

優理香の夫は、趣味が原因で多額の借金を抱えたうえ、勤務先からの横領にまで手を染めていた。そして当時、その夫の素性を調べたのがロンだった。

「凪《なぎ》とは会ってます？」

「たまに。この間、ご飯食べましたよ」

ロンの友人であるラッパーの凪は、以前、優理香と同じデザイン事務所で働いていた。凪はすでにその事務所を辞めてラッパー一本で生計を立てているが、優理香とはいい関係が続いているらしい。

ひとしきり近況を話し合ってから、おもむろにロンは切り出した。

「電話で話した通りなんですけど、今、メン地下のことを調べてて……」

ロンがヴェスパーズの物販システムについて簡単に説明すると、優理香は口をとがらせた。

「今時のアイドルって、そんなことになってるんですね」

「優理香さんがやってた時期とは違いますか」

「もう十年以上経ちますけど……少なくとも、ポイント制は聞いたことがないです」

顎《あご》に手を当て、優理香は思案する。

「地下アイドル自体はずっと前からありますし、当時からファンの方とチェキを撮る文化もありました。でも、デートはさすがに……」

「個人的な意見でいいんですけど、どういう印象ですか?」

「まあ、私が考えるアイドル像ではないですね」

きっぱりとした口調である。パパ活や風俗勤務をするようアイドル本人に言われたファンもいるらしい、と話すと、優理香の顔はさらに苦々しくなった。

「私も現役時代は推してもらった立場なんで、偉そうなことは言えないんですけど。〈推し活〉って、自分が納得できる範囲でやるからこそ意味があると思うんですよね。ファンの方は、アイドルや芸能人に憧《あこが》れて、元気をもらうわけじゃないですか。なのに、推しのために元気を損なうようなことをしたら、本末転倒ですよね。よりよい人生を送るための推し活で、人生がおかしくなっちゃったら元も子もない、っていうか」

優理香の所感は、大勢のファンを魅了した元カリスマアイドルとは思えないほど、地に足がついていた。だからこそ、人を惹《ひ》きつけたのかもしれないが。

「アイドルだった頃は、『みんなの人生に責任持てないからね』っていうのが口癖だったらしいですね」

優理香は苦笑する。

「恥ずかしいですね、改めて言われると」

「いい言葉だと思いますよ、俺は」

「言い方はともかく、その意見は今でも変わらないですね。使った金額を競ったり、貢献度を争ったりするのは違うなって、ずっと思ってたんです。ビジネス的には間違ってるかもしれないけど、そういう考えでもちゃんとファンがつくことを証明したかった。私のアイドル人生は、そのジレンマとの闘いでしたね」

　窓の外を眺めながら語る優理香は、遠い目をしている。ロンは淡々とつむがれる言葉に痺《しび》れた。

　――カッコよすぎるだろ。

　ほんの少しだが、カリスマアイドルの片鱗《へんりん》が見えた気がした。優理香は正面に向き直り、「ヴェスパーズ、でしたっけ」と言う。

「所属しているのはどこの事務所ですか？　本人たちというより、事務所に問題がある気がします」

　ロンはスマホで会社情報を検索し、画面を見せた。それを見た優理香が眉をひそめる。

「島崎ナギコ……」

「聞いたことありますか？」

「はい。記憶が正しければ、大手事務所の元マネージャーですね。アイドルだった頃に、何度か現場で一緒になりました」

思わぬところから、有力情報が飛びこんできた。ロンは思わず前のめりになる。

「いつ辞めたんですかね？」

「私が引退する前の年だったような。うろ覚えですけど、何か問題を起こして辞めちゃったんですよ。業界では割と話題になったんですよね。なんだっけな……」

数分考えこんでいた優理香だが、ふいに「あっ」と顔を上げた。

「ホストだ！」

「ホスト？」

「歌舞伎町《かぶきちょう》のホストに貢ぐために、ライブの売り上げを盗んでたんですよ。グッズ販売って基本現金だったから、適当に帳面を書き変えて、売上金の一部を着服してたんです。それが会社にバレちゃって。全額返金したんで警察沙汰《ざた》にはせずに済ませたらしいですけど、当然クビですよね」

ロンの心には、〈ホスト〉という言葉が残った。女性客と疑似的な恋愛関係を築き、金を使わせるヴェスパーズの手法は、どことなくホストのやり方と重なって見える。その元マネージャーが事務所の代表なのだとしたら、自分がホストに貢いだ経験からこのシステムを作り上げたのかもしれない。

「そんな悪事がバレたら、普通芸能界にはいられないですよね？」

「そうですねえ。私が覚えているくらいだから、テレビや舞台の関係者はかなりの人が知っているはずですよ」

そう言ってから、優理香は「ただ」と付け加える。

「地下となると別かもしれません。テレビや舞台に比べれば、関わる人数がはるかに少ないですし。衣装やグッズを準備して、ライブハウスさえ確保できれば、ライブそのものはできてしまう。アイドル本人は芸能界に疎いし、そうでなくとも、十年以上も前に追放された人のことなんか知らないでしょうから」

「つまり、ヴェスパーズの事務所代表の島崎ナギコは、その元マネージャーと同一人物である可能性が高い、と？」

「おそらくは」

優理香は重々しくうなずく。

「念のため、私がいた事務所のスタッフに確認してみます」

「いいんですか？」

「今でも年賀状のやり取りはあるんで、全然大丈夫です。確認が取れたら、また連絡しますね」

ロンは深々と頭を下げた。優理香と会ったのは、元アイドルの見解を聞いてみたい、という個人的な興味がきっかけだった。しかし、意外にも調査そのものが進展しつつある。人の縁は頼ってみるものだ。

優理香は紅茶を口に運び、カップを置いた。

「私はもう、とっくに芸能界とは関わりのない人間ですけど。それでも、アイドルを名乗ってあくどいことしているのは見逃せません。自分がアイドルだった過去まで汚されるような気がして」

彼女の表情は穏やかだが、その目はカリスマの残光を宿していた。


出入口は、地下へ下る階段の先にあった。

ここは関内《かんない》駅のほど近く、中華街から徒歩で行ける範囲である。リズムよく階段を下りたロンは、チケットを提示して屋内へ入る。ライブハウスのなかは暗く、前回参加した時よりもかなり小さい会場だった。防音扉の手前には若い女性がひしめいている。見たところ、男性客はロン一人だった。

ヴェスパーズの公式サイトにはライブの予定が掲載されている。その情報によれば、彼らは毎週、東京や神奈川《かながわ》、千葉《ちば》でライブに出演していた。週に二、三回出演することもある。

多くは他のグループとの合同ライブだが、時には単独でイベントを開く。今日行われるのもワンマンライブだ。

ロンは女性たちに囲まれながら、カウンターで受け取ったジンジャーエールをすすった。

一人で来ているように見えるファンも、仲のいい顔見知りを見つけてはしゃいでいる。なんとなく肩身が狭い。

――やっぱり、マツを強引に連れて来ればよかった。

マツこと趙松雄《ジャオ・ソンシオン》は、ロンの幼馴染みである。ロンと同じくヒマを持て余したフリーターのはずだが、このところ付き合いが悪い。理由はわからない。今日のライブにも誘ったのだが、「用があるから」と断られた。ヒナは大学の講義やサークルの対応で多忙だし、凪もツアーの準備があるとかで忙しそうだ。

ロンは開演を待つファンたちのなかから、涼花の友人を探した。郁斗に入れこみ、パパ活をはじめたと思しき女子学生だ。顔写真は確認済みなのだが、見当たらない。狭いライブハウスには数十名のファンが密集していて、マスクで顔が隠れている者もいる。

辺りをきょろきょろと見回していると、聞き覚えのある声が聞こえた。振り返ると、スーツを着た中村が立っていた。

「小柳さん」

「どうも」

「今日で二回目の参戦ですか？」

「はい、まあ。中村さんはもっと通ってるんですか？」

「ヴェスパーズのライブには、毎週来てます！」

そう言って胸を張る。

「前回、私が教えたこと覚えてますか？」

「一応。横連縦連には気をつける。最後尾の札とネクスト札は愛想よく渡す。物販監視はしない」

中村は「オッケーです」と親指を立てた。そのまま中村からの申し出で、連絡先を交換する。ライブの常連たちはこうやって仲良くなるのか、とロンは納得した。

「先週は都内だったんですけど、めちゃくちゃ郁斗のビジュがよくてっ！」

熱弁する中村に相槌を打っていると、いつの間にか彼女の隣に見知らぬ女子が立っていた。白のブラウスにグレーのスカートという出《い》で立ちで、色白な肌にショートカットの銀髪が映えている。

「どうもー」

「あっ、ななぽちゃん」

中村がそちらを振り向いた。〈ななぽ〉の名前は記憶にあった。オンライン会議でヒナが見せてくれた、SNSアカウントの名義だ。琉久に月二百万を貢いだと豪語し、パパ活の隠語をプロフィールに載せていたアカウント。

ななぽは最初から中村しか見ていなかった。無表情で口だけを動かす。

「お話中、ちょっと悪いんだけど。先週話したこと、考えてくれた？」

途端に中村の顔が曇る。

「あっ、うん……ライブの後でいいかな?」

「終演後は物販あるからさ。お互い忙しいでしょ。できれば、今聞かせてほしいな」

ロンには話の流れがまったく読めない。中村は横目で気まずそうにロンを見た。

「あっ、俺邪魔っぽいですね」

去ろうとすると、中村が「待って」と引き止めた。わけがわからない。中村はななぽに向かって手を合わせた。

「ごめん。少しだけ待っててくれる?」

「はーい。じゃあ、あっちにいるね」

ななぽはふらふらと出入口付近へ歩いていく。彼女の背中が遠ざかると、中村は「はあ」と大きく息を吐いた。

「俺、ここにいていいんですか?」

「いいんです。すみません、急に変なことに巻きこんじゃって」

「何かあったんですか?」

中村は躊躇《ちゅうちょ》していたが、やがて意を決したように目を見開いた。

「お金が足りないんです」

口火を切ると、そこからは一気に言葉があふれる。

「郁斗を応援したいんですけど、勤め先の給料じゃ限界があって。毎週ライブに通って、チェキ券に月五万使うのが精一杯なんです。それでも食費を切り詰めて、洋服買うのも我慢してるんです。でも、まだ全然足りない。他のメンバーにはもっと太いファンがついてるのに、郁斗だけ惨めな思いをさせるのはいやなんです」

「中村さん、落ち着いて」

「落ち着いてます!」

叫んだ中村は、一転して声を落とした。

「それに本当のこと言うと、もっとポイントも貯めたいんです。ちまちま貯めてるだけじゃ、全然特典に届かない。だからもっともっと、稼がないといけないんです。郁斗のためにも、自分のためにも」

黒い予感が、ロンの目の前を覆っていた。ななぽの無表情が蘇《よみがえ》る。

「それで?」

「それで……郁斗ファンの子にその話したら、ななぽちゃんがいい仕事紹介してくれるって。訊いてみたら、パパ活だって……いかがわしいことなしで、お茶したり、ご飯食べに行ったりするだけで五万十万もらえる、って」

思わず、ロンは舌打ちした。

——ここにも元凶があったか。

ヴェスパーズのファンたちを暗い沼へ引きずりこんでいるのは、事務所やメンバーだけではなかった。他のファンもまた、罠《わな》の一部だった。

「まさか、やるとか言わないですよね。パパ活」

「……」

中村の返事はない。瞼《まぶた》を閉じた彼女は、苦しげに足元を見つめている。

「冷静になってください。心を削って金稼ぐなんて、いつまでも続くわけないですよ。中村さん自身、迷ってるんでしょ？　絶対後悔しますよ。だいたい郁斗だって、パパ活で稼いだ金を……」

「じゃあ、どうすればいいんですかっ！」

突然の絶叫に、周囲にいたファンが一斉に振り向いた。はっとした中村は、下を向いたままぼそぼそと語る。

「私、郁斗がいるから仕事に耐えられてるんです。精神的に結構きついこともある仕事なんです。でも、郁斗も頑張ってると思うと、自分も頑張ろうって気になるんです。彼の力になりたい、少しでいいから彼に振り向いてほしい、って思うのは不純ですか？　そのためなら、おじさんとご飯食べるくらい何でもないです」

台詞の強気さとは裏腹に、中村の口ぶりは不安に揺れていた。ロンは、彼女の言葉を鼻息で一蹴する。

「自分を安売りするなよ」

無意識のうちに、ロンは中村をにらんでいた。

「ニコニコしながらおっさんと二時間メシ食って、平気なわけないだろ。普通にプライド磨《す》り減るんだよ。傷つくんだよ、あんたは。だいたい、それで終わらないおっさんだったらどうする？　ホテルに連れこまれても、警察は飛んできてくれない。なんなら、約束通りに金払ってくれないかもしれない。そういう可能性とか考えて、やる、って言ってんのか？」

応答はなかった。代わりに、中村の両目からぽろぽろと涙がこぼれ落ちる。

「わっ……わかってます。うっ……やりたくない……本当はやりたくないに決まってるじゃないですか」

ロンは、出入口の横に立っているななぽと目が合った。二人のやり取りを遠くから見ていた彼女は、呆《あき》れたように肩をすくめ、人混みのなかにまぎれた。

──早く、何とかしないと。

このライブハウスには、罠が張り巡らされている。ファンたちを思いがけない闇《やみ》の底へと引きずりこむ、見えない罠が。

終演後、ロンは例によって物販の列に並んだ。今日もチェキ券は二枚だ。郁斗は目が合うなり、「この間の！」と目を輝かせた。

「お疲れ様でした。よかったです」

「ありがとう！　名前は？」

「ロン、って呼ばれてます」

郁斗は「ロンくんはさぁ」と雑談をはじめようとしたが、すかさず「質問があるんですけど」と遮る。

「いいよ。何でも訊いて？」

爽やかな笑顔のまま、郁斗は首をかしげる。ロンはすぐ近くに立つスタッフに聞こえないよう、口元を覆い、郁斗の耳に顔を近づけ、声を潜める。

「ヴェスパーズがファンをパパ活に誘導してるって、本当ですか？」

郁斗の顔が凍りついた。

口元は笑みを浮かべたままだが、瞳《ひとみ》は笑っていない。頬《ほお》がこわばり、引きつった苦笑へと変わっていく。

「……なんなの？」

「その反応、図星でしたか？」

ロンは郁斗の反応を注意深く観察する。郁斗は何かを言おうとして思いとどまり、目を細めてロンを見た。そのまま数秒、固まった。

「ただのファンじゃないよね？」

「郁斗さんを応援しているのは事実です。歌もダンスも、ヴェスパーズのなかでダントツだと思っています。ただ、それとこれとは別の話です」

漂う空気を不審に思ったのか、スタッフが割りこもうとした。だが郁斗がとっさに「大丈夫ですから」と手を出して遮った。

「チェキ撮ろ。せっかくチェキ券あるんだから」

押し切られる格好で、ロンは郁斗とツーショットのチェキを撮った。有無を言わさず、郁斗は「サインするね」と言いながら蛍光オレンジのサインペンを走らせる。どうやらサイン入りチェキをもらうのが、ヴェスパーズの物販の定番らしい。

「はい、これ。もう時間だよね。さよなら」

チェキを押し付けた郁斗は、強引にロンを押しやった。まだ何も話せていない。「ちょっと」と戻ろうとするが、スタッフに阻まれ、列の外に追いやられた。体よく追い払われた格好だ。

ロンは会場の隅で思案する。もう少しチェキ券を買って並び直すか。しかしあの調子では、まともに会話ができるとは思えない。

手のなかにあるチェキを眺めてみた。そこには真顔のロンと、引きつった笑顔の郁斗が映っている。

――あれ？

郁斗はたしかにサインペンを走らせていたのだが、表面《おもてめん》のどこにもサインがない。試しにチェキを裏返したロンは、思わず「あっ」とつぶやいた。

そこには、十一桁の電話番号が走り書きされていた。


新宿《しんじゅく》にあるチェーンのカフェは、人で賑《にぎ》わっていた。

一階の窓際席に座るロンは、カフェラテを飲みながら人の群れを眺めていた。老若男女、あらゆる世代の人々が行き交っている。横浜中華街もかなりの混雑ぶりだが、規模ではさすがに負ける。

やがて、ロンの傍らにマスクをした男が立った。無地の長袖《ながそで》Tシャツにジーンズという服装で、ニットキャップをかぶっている。

「ロンさんですよね？」

顔を上げたロンは「どうも」と会釈した。マスクの男、もとい郁斗は、ブレンドコーヒーを手に向かいの席に座った。

「地下アイドルのくせに顔隠しすぎだろ、って思いました？」

「いえ」

「身バレ防止っていうより、感染症予防です。風邪ひいたら万全のパフォーマンスできないですから。キャップも、ただ寝ぐせがあるだけ。誰も俺の顔なんか知らないことくらい、俺自身が一番わかってます」

郁斗はマスクをずり下げて、ブレンドに口をつけた。ライブで見るよりも肌がくすんでいる。そういえばライブハウスでは敬語を使っていなかったな、とロンは思う。

「家が新宿近くなんですか？」

会合場所を新宿に指定したのは、郁斗だった。

「稽古場がこの辺にあって。さっきまで自主レッスンやってました」

「一人で？　偉いっすね」

「他のメンバーが怠けてるだけです。むしろ俺が変人扱いされてます。そんなに練習してなんになるの、って」

自嘲《じちょう》的に笑った郁斗が、窓の外を見やる。名前も知らない人々が、現れてはどこかへ消えていく。

「郁斗さんは、なんで俺に番号教えてくれたんですか？」

郁斗は「えっ？」と戸惑ってみせたが、すぐに答えた。

「たぶん、ずっと誰かに話したかったんだと思います。俺らのやってることが、正しいわけがない。いつまでも続くはずがない。それはメンバー全員がわかってる。でも、黙っているしかない……それって結構、しんどいことなんですよ」

独り言のようにつぶやく郁斗の横顔には、良心の呵責《かしやく》が垣間見《かいまみ》えた。

「ロンさんは、なんで俺に話聞きたいんですか？」

「このシステムを終わらせたいから」

一瞬だが、郁斗の目がロンを怪しむように細められた。

「……何者？」

「俺はただ、困っている隣人を助けたいだけです」

それ以外、言いようがなかった。ロンは警察官でもなければ探偵でもない、一介のフリーターだ。郁斗は反論しようとはしなかった。彼もまた、このシステムが普通じゃないと気がついているのではないか。これ以上の前置きは不要だった。

「単刀直入に訊きます。郁斗さんは、ファンをパパ活や風俗に誘導したことがありますか？」

郁斗はブレンドで口を湿らせてから、おもむろに語りはじめた。

「やったことない、って言ったら嘘になります。ファンの子とデートしてる時に、あえてそういう話題切り出したことあるし。直接、紹介とかはしてないですよ。でも、知らないふりして言ったことはある。『あー、なんか、パパ活とかやったら稼げるらしいよ？』とかね」

郁斗は虚《うつ》ろな顔で、あさっての方角を見ていた。

「それは、郁斗さん個人の判断で？」

「違います。社長の指示です」

断固とした口調だった。

「ヴェスパーズ組んだ時、言われたんです。うちはこういうシステムでやっていくから、少しでもファンの子にお金使わせろ。パパ活でも風俗でも、なんでもいいから稼がせろ。そしたらグループもデカくなれるし、メンバーに入る収入も増えるから……そう言われました」

「島崎社長から？」

郁斗は「そう」とうなずく。

「俺はグループでは一番まともだと思ってます。琉久なんか、デート中にキスしたり、もっと先までやったりしてるらしいですから。特定のファンと組んで、女の子にパパ活やらせてるみたいだし。俺はそんなのムリです……まあ、そんなこと言ってるから人気ないんですけど」

ライブハウスで見かけた、ななぽの顔を思い浮かべた。ひょっとすると、彼女もまた誰かの指示を受けているのかもしれない。

「そこまでいったら、犯罪じゃないんですか？」

「さあ。社長や琉久は、絶対大丈夫って言ってます。だとしても、心が痛まないのはヤバいと思いますけど」

非難する口調の郁斗は、どこにでもいるごく普通の若者だった。ファンに身体を売らせ、金を巻き上げるアイドルにはどうしても見えない。

「郁斗さんは、どうしたいですか?」

「難しい質問ですね」

郁斗は金色の髪をくしゃくしゃとかき乱す。

「そりゃあ、やめられるならすぐやめたいですよ。俺はアイドルとして活動したいだけで、ガチ恋営業したいわけじゃないから。まして、女の子にパパ活やらせるとか……」

「だったら、答えは出てるじゃないですか」

「でも、ここを辞めたらもう後がない」

店内のざわめきに、郁斗の声が溶けていく。

「俺は小学生の時からアイドルに憧れてたんです。友達や周りの反応から、自分のルックスが人よりいいのはわかってたし、運動神経も悪くなかった。歌とダンスで人気者になれるアイドルを、ずっと目指していました。でも芸能事務所に入るのも金が要るって聞いて……芸能スクールにも通えないから、ひたすら河原とかで自主練しました。十五歳の時にご当地アイドルに応募して、やっと事務所に入れて。でもそれも三年で解散が決まって、途方に暮れていたところで島崎社長から声をかけられたんです」

「そっちの事務所に入らないか、と？」

「うちに来れば絶対に大きくなれる、好きなだけ稼がせてやる、って……ちょっと怪しいとは思ったけど、他に選択肢もなかったんで」

郁斗は膝《ひざ》の上で両手を握りしめた。

「俺、アイドル辞めたくないんです。犯罪スレスレのことやってるけど、曲がりなりにもステージに立てるし、歌やダンスのレッスンも受けられる。ここ辞めたら、他に行くところがないし……事務所に入る時も契約させられたんです。最低五年は在籍すること、事務所を辞めても三年は芸能活動をしないこと、って……」

「だとしても」

ロンは郁斗の独白に割って入る。

「ずっとこのまま、ってわけにいかないのはわかってるんでしょう？」

下唇を噛《か》んだまま、郁斗はカップを見つめていた。その葛藤《かっとう》がロンには手に取るようにわかる。やはり、これはメンバー個人の問題ではない。根底から、事務所から変えない限り、彼らはヴェスパーズという檻《おり》に囚《とら》われたままだ。

テーブルに置いていたロンのスマホが震動した。電話の着信だ。画面には〈伊能優理香〉の名が表示されている。ロンは郁斗に断ってから、カフェの外に出て受話ボタンをタップした。

「もしもし」

「小柳さん？　あの島崎って人、やっぱりホストに貢いだ元マネージャーでした」

優理香は、元事務所の関係者からじかに事情を聞いたらしい。

「島崎さんは十二、三年前に事件を起こして、いったん芸能の世界から消えたそうです。それがここ数年、小さめのライブハウスや地方の舞台でまた見かけるようになったんですって。私の知り合いは地下のことあんまり知らないみたいですけど、彼女ならやりかねない、とは言っていました」

これで、島崎ナギコの素性に関する裏が取れた。礼を言って通話を切ろうとすると、優理香が「相談なんですけど」と言う。

「この件、私に任せてもらえませんか？」

優理香の声音がいっそう、力強さを増す。

「芸能関係者が相手ですから、何をされると嫌か、どう動けばいいか、小柳さんより少しはわかると思うんです。関係者とのコネもあるし、現役時代に貸しを作った相手もたくさんいますから」

「でも、そこまでやってもらうのは……」

「小柳さんには元夫の件でお世話になったし、恩返ししたいんです。それに……放置すれば、アイドルという職業そのものへのイメージが傷つけられる。元アイドルとして、それは耐えられません」

もしかすると、島崎は伊能優理香、ひいては稲尾ユリカにとって、譲れない一線を越えてしまったのかもしれない。優理香にとってヴェスパーズは、無関係といえばまったくの無関係である。共通するのは、アイドルを自称しているという一点のみ。ただしその一点は、彼女の尊厳を今でも支えているようだった。

ロンは、元カリスマアイドルの申し出に頼ることを決めた。実際、ロンも島崎をどう攻めればいいか決めかねていた。優理香が動いてくれるのであれば、これほど心強いことはない。

「……何かあったら、すぐに連絡してください」

「ありがとうございます」

自信に満ちた答えだった。

かつて、優理香は夫の不貞を疑い、思い悩んでロンへ相談を持ちかけた。当時のおろおろしていた姿から、今の優理香は想像できない。アイドルという専門分野であることも関係しているのだろうが、それだけでなく、人間として芯が太くなったように感じた。

店内に戻ると、郁斗が不安げな目をしていた。ロンは「大丈夫」と告げる。

「後は、こっちで何とかしますから」

郁斗は怯《おび》えたような、安堵したような、複雑な微笑を浮かべた。

＊

社長室のドアが外側からノックされた。こん、こん、と音が響く。

「島崎社長、いらっしゃいますか」

「どうぞ」

キーボードを叩いていた手を止め、開けられたドアのほうを見やる。若い男性スタッフが入ってきた。「失礼します」と言いながら、おどおどと目の前に立つ。雇ってから半年も経つのに、全然仕事を覚えない。

「なに？　何の用？」

イラついて尋ねると、スタッフはようやく用件を切り出した。

「社長に、お客様がいらっしゃっていまして」

「お客？　この時間にアポなんかないはずだけど。なんて人？」

「あの……稲尾ユリカ、と」

「はあ？」

芸能関係者でなくても、稲尾ユリカくらい誰でも知っている。私は即座に結論を出した。これはイタズラだ。

「バカじゃないの。帰ってもらって」

「それがですね、その……えっと」

言い淀《よど》んでいるスタッフを見ていると、頭に血が上った。とっさに無線のマウスをつかみ、勢いよくローテーブルに投げつけた。がしゃん、と派手な音がする。

「早く言えよ！」

「あっ、すみません！　あの、本人の可能性があるんです。僕も稲尾ユリカが来るわけないと思って他のスタッフさんに顔を見てもらったんですけど、どうやら本人で間違いなさそうだと……」

「あ?」

頼りないスタッフ一人ならともかく、他も同意見となると、さすがに話は違う。うちの社員は、元々芸能の世界にいたが、何らかの「やらかし」のせいで居場所を失った者ばかりだ。相手は十数年前に引退したアイドルとはいえ、そんな連中が稲尾ユリカを見間違えるとも思えない。

「応接に通しといて。すぐ行く」

まだ半信半疑ではあったが、万が一本物だとしたら利用価値はある。かなり昔とはいえ、一世を風靡《ふうび》したアイドルだ。一般人の認知度も高いし、往年のファンは数えきれないほどいる。何が用件か知らないが、うまく丸めこめば、「稲尾ユリカお墨付き！」とでも銘打ってグループを売り出せる。ひょっとしたら、私自身が表舞台に復帰する足がかりになるかもしれない。

作業を適当なところで切り上げ、応接室へ向かった。仕事の話になるかもしれないから、ノートパソコンを抱えていく。呼吸を整え、一気にドアを押し開けた。

安物のソファに座っていたのは、間違いなく、あの稲尾ユリカだった。カーディガンにチノパンという地味な出で立ちだが、顔立ちといい、まとっている独特の空気といい、間違いない。隣には普段着の若い男も座っている。

「マジか」

思わずつぶやいていた。呆然《ぼうぜん》とする私を前に、三十代になったユリカは立ち上がり、綺麗にお辞儀をした。ステージでの美しい所作を彷彿《ほうふつ》させる。

「ご無沙汰しています、島崎さん。現役時代に現場でご一緒したんですが、覚えていらっしゃいますか？」

「それは、もちろん……」

「アポも取らず、突然押しかけてしまって申し訳ありません」

再び彼女は頭を下げた。隣の男がつられて会釈する。

「えっと……そちらは？」

「小柳といいます。ユリカさんの付き添いというか、知り合いというか」

要領を得ない回答だったが、男のほうはどうでもいい。問題は、なぜ元トップアイドルが私の事務所を訪ねてきたのか、だ。「お待たせしました」と愛想よく言いながら、ユリカの向かい側に腰を下ろす。

「引退されて、ずいぶん経ちますよね。今はどうされてるんです？」

「会社員として働いています」

ユリカは隙《すき》のない笑顔だった。パフォーマンス中に見せたあの笑顔と同じだ。十数年経ってさすがに老けたが、アイドル時代の習性は抜けていないらしい。

「島崎さんも、お元気そうで何よりです」

ユリカの言葉には含みがあった。私が元いた事務所を辞めさせられた時、彼女はまだアイドルだった。あの話は相当広まっていたから、ユリカも顛末《てんまつ》は知っているはずだ。「おかげさまで」と答える口元が引きつる。

「それにしても、今日はどういう用件で？」

「ぜひ、島崎さんにご提案したいことがありまして」

まったく話が読めない。

「島崎さんの事務所に所属しているのは、男性アイドルばかりですよね」

「はあ、まあ。二十人くらいいますが、全員男性です」

「実は、昔から知っている事務所が男性アイドル部門を強化する方針らしくて」

ユリカが口にしたのは、大手芸能事務所だった。

「ついては、経験者を対象にした採用オーディションをしたい、と話しているんです。そこにヴェスパーズをはじめ、島崎さんの事務所のアイドルを全員参加させてみてはどうですか、というご提案です。合格すれば、全員がそちらに移籍することになります」

「……は？」

何を言っているのか、理解できなかった。うちのアイドルが、他事務所のオーディションを受けて移籍する？

それは、引き抜きではないか。

芸能事務所の経営者で、所属タレントが引き抜かれることを歓迎する者などいない。百歩譲って、独立ならまだいい。業務提携という道が残されているし、引き抜きよりは遺恨が少ない。しかし移籍するとなると、それまでのタレントへの投資が、すべて他事務所の利益になってしまう。

「失礼。何を言っているのか、理解していますか？」

「もちろんです。私はただ、島崎さんの事務所からアイドルを一掃したいだけです」

ユリカの鉄壁の笑顔は崩れない。発言とのチグハグさに、頭がくらくらした。

「一掃って……うちが、あなたに何か迷惑かけましたか？」

「ええ、大迷惑です。島崎さんの事務所がやっていることは、すでに把握しています。ファンを食い物にし、アイドルという肩書きを汚した。元アイドルとして、稲尾ユリカのプライドは深く傷つけられました」

手のひらに汗が滲む。

まずい方向に話が流れている。ユリカが何を指しているのか、言われずともだいたいわかる。こっちにもグレーだという認識はあった。ただ、あくまでグレーはグレーであって、黒ではないはずだ。

「いきなり押しかけてなんなの？　私らが後ろめたいことやってるっていう、証拠でもあんの？」

「たくさんありますよ」

発言したのは、ユリカの隣に座る小柳という男だった。

「ヴェスパーズのファンにヒアリングしたところ、複数のファンが、アイドル本人からパパ活や風俗業をやるようほのめかされたと話しています。なかには、それがきっかけで実際にやっている人もいました」

「だから？」

強気に見えるよう、できるだけ声を張る。

「だから、なんだっていうの？　そんなの私が知ったことじゃない。アイドルたちが自分の判断でやったことでしょう。私は関知していない。今、ここで初めて聞いたことばかりなの」

「アイドル側にも数名、ヒアリングをしています」

小柳は淡々と話を続ける。

「最初は皆さん渋っていましたが、大手事務所のオーディションを受けられると知ると、進んで話してくれました。共通していたのは、島崎社長の指示だった、という点。結成時に『夜の仕事に誘導してファンに稼がせろ』という話があったそうですね。『お前らは女衒《ぜげん》だ』とも話していたとか。録音もあります」

「嘘だ！」

威嚇のためにテーブルを叩いてみせたが、小柳はびくともしなかった。

「そんなの、あいつらのデタラメだろ。真に受けるほうがどうかしてる。だいたい、あんたら素人だろ？　何の権限があって首突っこんでるわけ？」

「それはこちらの台詞ですよ」

答えたのはユリカだった。

「横領で芸能の世界から追放された人が、なぜ反省もせず戻ってきているんですか？　他の事務所の人も、あなたが芸能事務所をやってること、薄々感づいていました。私たちが調べなくても、いずれ明るみに出ていましたよ」

「引退した人間が、ゴチャゴチャうるせえんだよ！」

苛立《いらだ》ちを押さえられない。さらに二度、立て続けにテーブルを叩いた。

「仮にあんたらの言うことが事実だとして、それが犯罪なの？　別に風俗店を紹介したわけでもないし。法律違反にはあたらないんじゃないの？」

「マインドコントロールによって性的な仕事をするよう仕向けることは、職業安定法違反や売春防止法違反にあたる可能性があります。弁護士にも確認しています」

「だから、違法だと立証する証拠は？」

それくらいの下調べは私もやっている。アイドルたちには、あくまでパパ活や風俗は匂《にお》わせるだけに留《とど》めるよう言っていた。よほど決定的な言動がない限り、即座に逮捕されるようなことはないはずだ。

すべては、私が一時期どっぷりとハマったホストクラブを参考にした。彼らが捕まっていないんだから、同じことをすれば罪にはならない。なんなら、ホストのほうがよっぽどあくどい手段を取っている。

小柳は視線こそ逸らさないが、私の問いに答えられないらしく、黙りこんでいる。

「ほら。証拠、ないんでしょ？　それともあるの？」

「……性的な仕事を斡旋《あっせん》したという証拠は、ありません」

「だったら帰って。話すこと、ないから」

「ただ、少し気になることはあります」

小柳はスマホを取り出した。今度は何を言い出すのか。身構える間もなく、やつはスマホを見ながら読み上げる。

「十月二十九日、百三万四千円。十一月三日、百二十八万円ちょうど。十一月十一日、九十五万七千円……」

小柳が口にしたのは、日付と金額の羅列だった。意味不明だ。

「なに、それ」

「ヴェスパーズがライブをやった日の、チェキ券の売り上げです」

――バカな。

ノートパソコンを開いて、チェキ券の売り上げをまとめたファイルにアクセスする。たしかに、小柳が口にした数字にはほぼ間違いがなかった。

「……どうやって、このデータを?」

「売り場の横に張り付いて、人力でずっと数えていました。物販監視はマナー違反ですけど、チェキ券売り場の監視は禁止されてないですよね」

小柳は顔色を変えずに平然と言い放つ。

「なんで、わざわざそんな手間のかかることを……」

「社長が何割ピンハネしているか、知りたかったんで」

小柳の目が鋭さを増した。

「あなたはメンバーに、チェキ券の売り上げの五割をボーナスとして渡す、と説明していたそうですね。しかしメンバーたちの体感では、明らかにそれより低いようです。メンバーごとの売り上げも集計しましたが、たしかにそうみたいですね。実際にメンバーに渡っているのは二割程度で、残りは運営が取っている。この事実を先ほど、ヴェスパーズのメンバーたちに伝えました」

「はっ?」

耳を疑った。本人たちに伝えた、だと?

「みんな、元々不満を持っていたんでしょうね。怒りを爆発させていましたよ。もうこの事務所にはいられない、というのが総意のようです」

「ふざけないで。そんなの、許されない」

「許されないのはそっちだろ」

凄《すご》みを帯びた声で、小柳が言う。

「奴隷みたいな契約でアイドルを縛って、ファンをパパ活や風俗に誘導させて、挙句売り上げの大半をピンハネする。そんな事務所にいたいと思うほうが、どうかしてる。アイドルはあんたの食い物じゃねえよ」

「待って。契約がある」

それは私にとって最後の、そして最強の手札だった。

「あの子たちとは専属マネジメント契約を結んでいる。最低でも五年間はうちの事務所に所属することになっているし、うちを辞めても三年は芸能活動ができない。これは不当な契約じゃない。あの子たちが、納得して結んだ契約なの」

一般常識に照らせば不当な条件だということくらい、百も承知だ。でも、労基署はこの契約に介入することができない。アイドルは個人事業主と見なされるからだ。従業員でなければ、労基署は手も足も出せない。こっちだって、伊達《だて》に長いこと芸能でメシを食っているわけじゃない。

「契約はまだ有効。本人がどれだけ辞めたい、移籍したいと喚《わめ》いたところで、法律はこっちの味方なわけ。あの子たちはうちで活動を続ける義務がある。わかる？」

たっぷりと皮肉をこめた笑顔を、小柳に向ける。だがやつは動揺を見せなかった。ただ、横目でユリカを見ただけだった。

視線を受けたユリカは、小さくうなずき、「島崎社長」と言った。

「私たちは、先ほどの売り上げデータを税務署に提供しようと考えています」

途端に、血の気が引いた。

「ちょっと……」

「もちろん、正しく納税されているのであれば問題ないでしょう。しかし事務所設立からの納税記録と照らし合わせて不審だと判断されれば、税務調査が入るでしょうね。単なるミスならともかく、意図的な脱税とみなされれば、修正申告だけでは済まないかもしれないですね」

ぎりっ、と石が擦《こす》れるような音がする。無意識のうちに歯ぎしりをしていた。

どうせ当てずっぽうに決まっている。だが問題は、その当てずっぽうが的中していることだった。決算の数字は相当ごまかしている。現金でのやり取りならまずバレないと思っていたのに。

ユリカは優雅に髪をかきあげながら、「ただし」と付け加えた。

「一か月以内に、事務所のアイドル全員と新たに覚書《おぼえがき》を交わすなら、税務署への情報提供は控えます。覚書では、他の事務所への移籍が自由であること、退所後の芸能活動にも制限がないことを明記してください。あと、未払いのボーナスを退所前に支払うことも」

かつて感じたことがないほどの怒りが噴出した。この女、と胸のうちで唾《つば》を吐く。何様のつもりだ。どういう権利があって、人のビジネスを妨害するんだ。

しかし。現実問題、税務署に駆けこまれるのはまずい。経費の使い方だって、突っこまれれば尋常じゃないボロが出るはずだ。修正申告に耐えられる預金はない。税務調査に入られれば、きっと会社は吹き飛ぶ。

「……た」

ユリカは顔をしかめ、耳に手をあてた。

「はい？　聞こえませんが」

「わかりましたっ！」

自分自身の怒声が、応接室に反響した。

すかさず、小柳がスマホをこちらに向けた。ボイスメモの画面が表示されている。

「この会話も全部、録音してますから。ちゃんと一か月以内に締結してください。事務所の皆さんには随時ヒアリングしてるんで、逃げないように」

小柳とユリカはうなずきあい、さっさと席を立った。引き止めて何か罵声《ばせい》を浴びせてやりたい。しかし、言うべき言葉は何一つ浮かばなかった。二人は無言でドアの向こうへ消えた。

一人残された部屋で、テーブルに思いきり拳《こぶし》を叩きつけた。

「おい、誰か来い。早く！　いるんだろ、誰か来いよ！」

今すぐに、このストレスを誰かにぶつけたい。しかしいつまで待っても、応接室にスタッフは来ない。お前に味方はいない、という事実を突き付けられた気がした。

「くそがあっ！」

心からの叫びは、虚しく消えていった。

＊

週末の晴れた午後。山下《やました》公園は、家族連れやカップルで賑わっていた。路傍には大道芸人たちが集まり、通行人にジャグリングやパントマイムを披露していた。

ロンはヒナの車いすを押しながら、園内をゆっくり歩く。吹きつける十二月の海風は、少し冷たい。ヒナがベンチを指さした。

「あそこで休もう」

ロンはすぐ横に車いすを止め、ベンチに腰を下ろした。

久しぶりに二人で散歩しよう、と言ったのはヒナだった。サークルのドタバタがようやく落ち着いたらしく、多少時間ができたらしい。ロンがペットボトルの水で喉《のど》を潤していると、ヒナが「あのね」と言った。

「この間の、メン地下の件だけど」

ヴェスパーズの顛末については、すでにヒナには共有している。

島崎社長のもとへ乗りこんだ翌日、唐突にヴェスパーズの解散が発表された。涼花の友人はひどく落胆したようだが、これを機にメン地下からは足を洗ったらしい。最近はパパ活をしているそぶりもなく、涼花からは感謝された。

郁斗へのヒアリングで、約束通り覚書が交わされたことも確認している。島崎の事務所にいたアイドルたちは一人残らず退所し、そのほとんどが、優理香の手配で大手事務所のオーディションを受けているという。

ただし、なかにはアイドルを辞めた者もいる。その一人が琉久だった。彼はヴェスパーズ時代、ファンにわいせつな行為を働いていたことを問題視され、オーディションを拒否された。失意のまま、彼は芸能界を去った。

ヒナはきらめく海を眺めながら、首をかしげた。

「ロンちゃんたちは、税務署への告発をネタに島崎社長を追い詰めたわけだよね。でもさ、もし島崎社長が脱税してなかったら、その脅しには意味がなかったんじゃない？　その前提が揺らいでいたら、この作戦って成立しないよね」

「そこは、優理香さんを信じた」

島崎を訪問する前は、ロンにもその不安があった。だが、優理香が自信満々で言い放ったのだ。

――あの人は絶対に税金ごまかしてる。アイドルに払うお金をちょろまかしているような経営者が、まともに税金を納めてるわけがない。こっちがくどくど言わなくても、勝手に痛いところ突かれたと思ってくれるはず。

そして、優理香の予測は見事に的中した。ヒナは「へえ」と素直に感心する。

「その辺の温度感は、芸能界にいた人じゃないとわからないね」

「今回はほとんど優理香さんの手柄だよ。俺がやったのは、ライブハウスでひたすら売れたチェキ券を数えたくらい。他の事務所のオーディションまでセッティングしてくれたんだから、願ってもない話だよ」

「でもさ……それでも、郁斗さんはアイドル辞めちゃったんだね」

ロンは無言で苦い表情を返した。郁斗は事務所を退所し、オーディションも受けず、アイドル活動そのものを辞めることを選んだのだ。

島崎社長と対面した数日後、ロンのもとに電話がかかってきた。

――すみません。やっぱり俺、もうアイドル続けられないです。

資格、という言葉を郁斗は何度も口にした。

――俺にはもう、アイドルやる資格なんかないんですよ。ステージに立つたび、フラッシュバックするんです。俺のためにパパ活やってた子の顔とか、社長に罵《のの》られた時のこととか。続けたいけどもうムリです。俺みたいなクズ、たとえオーディションに受かったとしても、大手事務所でアイドルやる資格なんてない。

引き止めることはできなかった。ロンはかすかにだが、郁斗の苦しみを知っている。その苦しみを知ってなお、続けてほしい、とは言えなかった。今後は別の形で人を楽しませたい、と最後に郁斗は語った。

「本人が決めたことだからなぁ」

郁斗は誰よりも熱心に練習していた。しかしその熱心さが仇《あだ》となった気もする。高い理想を抱く人間ほど、現実との乖離《かいり》に耐えられないのかもしれない。

あれから一度だけ、中村と通話した。ヴェスパーズの解散が公表された翌日、彼女から電話がかかってきた。

——なんか、冷めちゃいました。

中村の声はひどく冷静だった。

——あれだけ心血注いで、一生懸命応援しても、解散する時は一瞬なんだって思って。ライブの予定も全部キャンセルして……ひどいですよね。急にバカらしくなりました。昨日まで、郁斗のために泣いたり怒ったりしてたのはなんだったんだろう、って。パパ活に手を出さなくて本当によかった。

相槌を打ちながら、ロンはかすかに胸が痛んだ。その解散の原因を作ったのは、他ならぬロン自身だからだ。

——小柳さん。あの時、止めてくれてありがとうございました。

中村は最後にそう告げて、通話を終えた。

ヴェスパーズに貢ぐため、パパ活や夜の仕事で稼いでいたファンたちは今、何を思っているのだろうか。金輪際、アイドルを推すことから手を引くのか。それとも、また別のアイドルを追いかけるのか。

「アイドルを推すって、難しいな」

ロンがぽつりと言った。

「どんなカリスマも、永遠にアイドルでいられるわけじゃない。稲尾ユリカだって例外じゃない。どれだけキラキラしていても、いつかはステージを降りなきゃいけない。その時、ファンの手元には何が残るんだろうな」

「……終わりがあるからいいんじゃない？」

ヒナの視線は、冬の海に向けられている。

「ファンだって、どんなに熱心でも永遠には推せない。いつか、どこかでやめることになるって薄々わかってる。だからこそ本気で推せるんじゃないかな。推しは推せる時に推せ、って言うじゃん」

「そうなのか？」

「そうなの」

何かを推したことがないロンには、その気持ちはわからない。ただ、終わりがあるからいい、というのは真実なのかもしれない。極論、人生だって終わりがあるから頑張れる。命はいつか尽きると知っているから、全力疾走できる。

遠くで歓声が上がった。人垣の向こうで、ジャグリングのクラブが空高く舞い上がっている。大道芸人たちが派手なパフォーマンスを披露しているらしい。山下公園のそこここで拍手が上がっていた。

ただ、すべての芸人が客を集められるわけではない。現に、ロンたちの正面にいるパフォーマーの周囲は閑散としている。たまに足を止める通行人がいるくらいで、じっくり鑑賞している客はいない。

そのパフォーマーは、目の周りを白く塗っていた。ラメの入った紫色の衣装に身を包み、色とりどりのボールでジャグリングをしている。一生懸命ではあるが、残念ながら腕前がいいとは言えない。十秒に一度はボールを取りこぼし、そのたびにおどけた仕草でボールを拾い上げている。

「……ん？」

しゃがんだり、起き上がったりする動作には妙にキレがあった。その動き方に、ロンは既視感を覚える。

「どうかした？」

「いや……あれ？」

ロンはベンチから立ち上がり、初心者と思しきパフォーマーに歩み寄る。あと数歩の距離まで近づいたところで、相手はぺこりと一礼した。顔を上げ、ロンと目が合うと、彼は「あっ」とつぶやいた。

「久しぶり」

確信したロンが声をかけると、相手は無言で手を振り、ジャグリングを再開した。上半身でボールを操りながら、足では器用にステップを踏んでいる。その軽やかさは、熱心にレッスンをしていた賜物《たまもの》だろうか。

彼の周りに観客はほとんどいない。それでも、郁斗は満足げに微笑していた。

2. 柔らかな闇《やみ》

心臓が、経験したことのないスピードで脈打っている。

病院への道のりを疾走するロンの耳元で、どっ、どっ、どっ、と拍動が鳴り続けている。すれ違う通行人をかわし、イライラしながら赤信号を待つ。最悪の想像が、頭の片隅をよぎる。

――無事でいてくれよ。

ロンのスマホに電話がかかってきたのは、ほんの十数分前だった。夕方、自宅で退屈を持て余していたロンは見知らぬ番号からの着信を不審に思いつつ、受話ボタンをタップした。相手は切迫した口調で切り出す。

「小柳龍一さんですか？」

「はあ」

のんびりと応答したロンだが、相手が病院の名前とともに良三郎の名を告げた途端、体温が一気に上昇した。直感的に、用件を悟った。

「何があったんですか？」

「先ほど、交通事故に遭われまして……」

良三郎は古くからの知人に会うため、横浜駅周辺まで出かけていた。どうやら、事故に遭ったのは知人と会った帰り道らしい。事故直後に救急車が呼ばれ、近くの総合病院まで運ばれたという。

瞬時に、見ていないはずの光景が目に浮かんだ。路上に倒れ伏す良三郎。赤黒い血だまり。辺りに集まる野次馬たち。赤色灯とサイレン……

「すぐに行きます」

ロンは財布をつかんで、自宅を飛び出した。焦っていることは自覚していた。電車のドアが開くのを待つことすら、もどかしい。石川町《いしかわちよう》駅から病院の最寄り駅へ移動し、人混みを泳ぐようにすり抜ける。

病院の正面入口へ飛びこみ、受付で食いつくように名乗る。

「あのっ、小柳良三郎の家族なんですけど」

職員に案内された病棟へ向かい、教えられた病室の前に立った。半開きになったドアのハンドルを握りながら、ロンは瞼《まぶた》を閉じ、興奮を鎮めるために深呼吸をする。良三郎は、父母がいない自分をここまで育ててくれた大恩人だ。どんなにひどい怪我《けが》を負っていても、必ず支え続けると決めていた。

勢いよくドアを開け、病室に足を踏み入れる。

良三郎は、窓際のベッドに横たわって鼻の穴に小指を突っこんでいた。可動式のベッドで、上体を起こしてテレビを見ている。ロンと目が合うなり、「あ？」と間の抜けた声を出した。

「……あれ？」

思っていた光景とずいぶん違う。

病室は四人が入院できる相部屋だが、たまたまなのか、良三郎以外の入院患者はいない。広々とした部屋で、良三郎はテレビを見ながら鼻をほじっていた。ロンは力ない足取りでベッドに歩み寄る。

「じいさん……」

「おっ、やっと来た。保険証、持ってきてくれたか？」

良三郎は家を出た時と何ら変わりない、張りのある声で言った。

「いや……それどころじゃなかったから」

「なんだ、気が利かんなぁ。じゃあ、明日にでも持ってきてくれ。お薬手帳もな。あと、下の売店で下着売ってるらしいから、買ってきてくれ。ついでにせんべいも頼む。醤油《しょうゆ》味だぞ、塩味はダメだからな」

入院着をまとった良三郎は、ここぞとばかりに用件を言いつける。大怪我を負った姿を想像していたが、これでは中華街の自宅にいるのと変わらない。まるで夢を見ているようだった。

「……え、なに、平気なの？」

指さしたロンを、良三郎は「このバカ」と一喝する。

「平気なわけないだろ。俺《おれ》じゃなかったらこんなに話せてねえよ」

「だって、交通事故に遭ったって」

「接触はしてない。言っとくけど、悪いのは向こうだぞ。若い男が運転していた軽自動車が、信号無視して突っこんできやがったんだ。こっちは青信号で横断歩道を渡っていたのに……直前でブレーキ踏んだからなんとか手前で止まったが、こっちはびっくりして転んだ拍子に、右足骨折だよ。大腿骨《だいたいこつ》の頸部《けいぶ》だかどっかを折ったらしい。まあ、非接触でも交通事故には違いないがな」

達者にしゃべり続ける祖父を前に、ロンは脱力した。傍らのパイプ椅子《いす》に腰かけ、深く息を吐《つ》く。

「よかった……」

「よかったわけあるか！　足の骨折ってんだぞ！」

良三郎はカンカンに怒っていたが、怒るだけの元気があるという事実が、ロンをさらに安堵《あんど》させた。いつの間にか、胸の拍動は元に戻っていた。

その後、病室にやって来た医師の説明を二人で聞いた。高齢者の骨折は人工関節を入れることが多いそうだが、今回のケースは骨折のずれが小さいため、その必要はないという。良三郎の骨が七十代にしては丈夫だったことも幸いしたらしい。

「あの、手術はするんですか？」

ロンの問いに医師は「ええ」と応じる。

「骨接合術といって、金属製のピンで固定する方法ですね」

「それってどれくらい入院するんですか？」

「そうですねえ。二週間ほどはここで入院してもらって、それからリハビリ病院へ転院してもらう形になると思いますが……合わせて二、三か月といったところですかね」

良三郎が、じろりとロンをにらんだ。

「お前、絶対ろくなこと考えてないな」

「え？　別にぃ」

「嘘《うそ》つけ。俺がいない間は天国だとか思ってるんだろ」

図星である。良三郎が入院している間は、定職に就けと小言を言われることもなく、当番制の家事もサボり放題である。医師が病室を去ってから、良三郎はこれ見よがしにため息を吐いた。

「今回は骨折で済んだけど、俺だってもう七十代だぞ。お前、いい加減まともな仕事に就かないと、近いうちに路頭に迷うことになるからな」

「そう言われてもねぇ」

まともな仕事、と言われてもロンにはピンと来ない。毎日決まった時刻に出勤し、何のためになっているのかわからない事務作業を続けるなんて、とてもできそうになかった。少なくとも、会社員は絶対に向いていない、と断言できる。

ヒナのように大学に行くモチベーションもない。この分野が勉強したい、という熱意はなかった。かといって、ラッパーの凪のように個人事業主として働くあてもない。一応、地元では〈山下町《やましたちょう》の名探偵〉と呼ばれてはいるが、人助けがビジネスになる気配は一向になかった。

「この機会だから言っておくが」

良三郎は咳《せき》ばらいをした。

「お前、本当に料理人になる気はないのか?」

「は? ないよ」

ロンの生家は、「翠玉楼《すいぎょくろう》」という四川《しせん》料理の名店だった。だが四年前に、オーナーである良三郎の判断で閉店した。ロンたちは現在でもその元店舗の二階で生活している。

幼い時は、祖父や父の跡を継いで料理人になるのだと本気で信じていた。だが、小学生の頃《ころ》に父が亡くなり母が消えてからは、その目標は宙ぶらりんになり、いつしか消え去ってしまった。ロンが定職に就けないのは、料理人というかつての夢を喪失したまま、新しい夢を見つけられないせいでもあった。

良三郎は「よく聞け」と言う。

「この数年、他人に一階の店を貸してないのは何のためだと思う？」

「それ、なんで？　俺も不思議だったんだけど」

「バカ。もしもお前が、やっぱり料理人を目指す、と言い出した時のために残してあるんだろうが」

初耳だった。ロンは自分の顔を指さす。

「……俺のため？」

「そうだ。酔狂で空けてあるわけないだろう。あんな好立地の物件、遊ばせておくのはもったいない、と不動産屋に何度言われたか」

良三郎は額に血管を浮かせ、唾《つば》を飛ばした。

「だったら貸せばいいじゃん。仮に俺が料理人になりたいって言っても、すぐに店を持てるわけないんだし」

「わからんやつだな」

頭を振って嘆いた良三郎は、声のトーンを下げる。

「できるだけ翠玉楼のままで、お前に渡したいんだよ」

祖父の顔を見ているうち、おぼろげながら、言いたいことがロンにもわかってきた。

良三郎が「翠玉楼」を閉店したのは、「儲《もう》からなくなった」からだと語っていた。ロンは帳簿も見て、その理由が嘘ではないことを確認した。だが、本音を言えば、良三郎はまだ店を続けたかったのではないか。経営体力が残っているうちに手じまいをしたのは、苦渋の決断だったのではないか。良三郎はまだ、店の復活を諦《あきら》めていない。ロンが料理人となり、「翠玉楼」を再オープンさせることを夢見ているのかもしれない。

窓の外では、一月の風が吹いている。これから春節にかけて、中華街は書き入れ時だ。だが扉を閉ざした「翠玉楼」に客が入ることは、決してない。

——そうだったのか。

ロンは、これまで良三郎の気持ちを一度も想像しなかったことを悔いた。それから慎重に口を開く。

「じいさんの気持ちは嬉《うれ》しい」

「そうか」

「けど俺は、料理人を目指そうとは思わない」

良三郎の視線が、静かにロンへ向けられる。

「どうしてだ？」

「……うまく言えない。けど、俺はオヤジにはなれない」

ロンの父――孝四郎《こうしろう》は、生まれた時から「翠玉楼」を継ぐことを宿命づけられていた。良三郎からそう期待されていたからだ。

孝四郎は跡継ぎとして休みなく厨房に立ち、ロンが九歳の時に浴室で溺《おぼ》れて亡くなった。そしてその直後、母の不二子《ふじこ》は失踪《しっそう》した。父の死は事故として処理されたが、当時を知る中華街の人々は、今でも不二子が作為を施したのではないかと疑っている。母の口から聞いてみるまで、事実はわからない。

ただ、一つだけたしかなことがある。仮にロンが料理人を目指すのであれば、亡くなった父の幻影からは逃れられない、ということだ。

「料理自体は嫌いじゃないし、うまいメシが人を勇気づけることも知ってる。料理人は誇らしい仕事だと思う。でも……俺にはムリだ。オヤジみたいな料理人にはなれないし、なりたくもない」

「お前が孝四郎のようになる必要はない」

「そんなこと言われても、意識するもんは意識するんだよ！」

病室の空気がびりびりと震えた。良三郎は悲しげな目でロンを見ている。だが、折れるつもりはなかった。ここでプレッシャーに負けて料理人になれば、自分も父と同じ道を歩むことになる。

――龍一は、やりたいと思うことをやれ。

小学一年生の日に、孝四郎から言われた言葉が蘇《よみがえ》った。やりたいことは、まだ見つかっていない。ただ、それが料理人でないことは確実だった。

良三郎は「わかった」と言い、寝転んで天井を見上げた。

「また話そう。店舗の鍵は、台所の引き出しの一番下にある。お前が必要だと思えば、いつでも持っていけ」

「何度話しても同じだって」

良三郎はそれには答えず、リモコンでテレビの電源を入れた。ごろりと寝そべり、「ああ、痛い痛い」と言いながらチャンネルを選んでいる。

その姿は、ロンの記憶のなかよりもずっと小さく見えた。


午前中、オープン前の「洋洋飯店《ようようはんてん》」は閑散としていた。

中華街の路地にあるこの店は、マツの実家である。店内にいるのは仕込み中のマツの両親の他には、隅のテーブルに座っているロンとマツ、それにくたびれたスーツを着た中年男性だけだった。

ロンは呆《あき》れた顔で、向かい側に座るマツを見やる。

「なあ、マツ」

「どうした親友」

「……なんで、清田《きよた》先生がいるの？」

ロンが指さす先には、中年男性がいた。四十代後半と見える男性はすまなそうに眉尻《まゆじり》を下げ、「申し訳ない」と言った。

彼の名は清田大助《だいすけ》。職業は、弁護士である。

ロンたちが清田と知り合ったのは、マツの先輩・上林《かんばやし》が背負った多額の借金を清算するため、知り合いの大月《おおつき》弁護士を頼ったことがきっかけだった。大月も弁護士ではあるが、専門は不動産であり、上林の代理人には向かない。その大月から「代わりに適任者を教えてあげる」と紹介されたのが、清田だった。

清田の主な顧客は、多重債務や不正なローンに苦しむ人々である。彼ら彼女らの債務清算を手助けすることが、清田の専門だった。借金に悩む上林にとってはうってつけの代理人である。現在、上林は清田の監督の下、自己破産の手続きを行っている最中のはずだった。

「お邪魔しちゃって、すみません」

へこへこと頭を下げる清田に、ロンは「いやいや」と手を振る。

「邪魔っていうか……何も聞いてなくて」

マツから久しぶりに連絡があったのは、昨日だった。遊びの誘いかと思ったが、「とにかく明日の朝、うちまで来てほしい」と言われただけだった。そこでとりあえず足を運んでみたら、清田がいた、というわけだ。

「お会いするのは二度目ですよね？」

ロンが清田と対面したのは、上林と引き合わせた際の一度だけだった。その後の手続きは上林本人と、付き添い役であるマツに任せている。清田が「そうですね」とうなずいた。

「あれから、カンさんのところに借金の取り立てが来たりとかしてません？」

「大丈夫です。自己破産の手続きは順調に進んでいますから、安心してください」

「俺が紹介した仕事は続いてますか？」

「もちろん。ですよね？」

清田から話を振られたマツが、「おう」と力強く肯定する。

上林は現在、川崎《かわさき》臨海部にあるサガミ港産で働いている。

ロンはかつて、ある事件の解決に携わったことで、サガミ港産人事部に勤める山田《やまだ》課長と知り合った。上林の勤め先がないと知ったロンは、山田課長に直接かけあい、契約社員の面接を受けさせてもらうよう頼みこんだ。結果、上林は面接に合格し、今でも仕事を続けている。

「安定した勤め先が確保できたことで、経済的にも精神的にも余裕が生まれています。上林さん本人も非常に感謝していますし、代理人の私も同じ気持ちです。小柳くん、本当にありがとう」

清田は寝ぐせのついた頭を下げた。

「それはどうも」

ロンは会釈を返しつつ、清田を観察した。スーツは皺《しわ》がついているし、髪はくしゃくしゃだ。顔の下半分は無精ひげに覆われている。メガネのレンズは脂で曇っていて、眉毛は手入れされていないのが丸わかりだった。

いかにも善人という出《い》で立ちだが、どうにも風貌《ふうぼう》が頼りない。

――いい人なのは間違いないけどなぁ。

少なくとも弁護士としての志は高いのだろう、とロンは思っている。債務整理という仕事は儲からなそうだし、実際、儲かっているようにはとても見えない。それでも依頼を断らないのは、使命感で動いているからだろう。立派だが、真似《まね》したいとは思わなかった。

「で、清田先生が俺に何の用ですか？」

「いや、それなんですが……」

口ごもっている清田に代わり、マツが「俺が話す」と言った。

「清田先生、法律事務所クビになったんだよ」

「く、クビ？」

「そう。しかも、どこも雇ってくれないから自分で事務所開業するんだって」

余計わからないことが増えた。ただ、隣にいる清田は否定しようとしない。どうやら事務所をクビになったのは嘘ではないらしい。

「あのー、順を追って説明してもらえます？」

ロンが問いかけると、清田は「実を言うと……」と語りはじめた。

彼の説明を要約すると、こうである。

清田弁護士はもともと、横浜市内にある法律事務所に所属していた。大月のように事務所を経営する「ボス弁」ではなく、事務所に居候する弁護士、いわゆる「イソ弁」として勤務していた。

清田が最も多く手がける債務整理は、ロンの想定通り稼ぎが少ないらしい。多重債務者のなかには、着手金や報酬金を支払わずに姿をくらます者もいるという。そういう顧客であっても、清田はムリに費用を請求するようなことはしない。そもそも債務で苦しんでいる者を、弁護士の費用請求で苦しめるのは本末転倒、というのが彼の考えだった。

とはいえ、清田の稼ぎが少ないことは事実である。上司であるボス弁は、長年にわたって事務所経営の足を引っ張る清田を問題視した。そしてこのたび、新たに若く優秀な弁護士が所属したことでとうとう肩を叩《たた》かれた。

――清田先生もいい歳《とし》ですから、独立されてはいかがですか。

ボス弁の言葉は丁寧だったが、それは実質的な戦力外通告だった。

事務所を辞めるにあたって、顧客を継続して担当することは許可された。というより、清田の抱える案件は、ほとんどが稼ぎのタネにならない。むしろ持っていってくれたほうがありがたい、というのがボス弁の本音だった。

「若手弁護士や事務員たちからは、裏で〈最低の弁護士〉と呼ばれていまして……本人にバレている時点で、全然裏ではないんですけど……そういうわけで、事務所をクビになりました」

「そんなこと、あるんだ」

ロンのつぶやきに、清田は「情けない話ですが」と言う。

「ボスは弁護士であると同時に、経営者ですから。一般企業に照らして考えれば、稼ぎの少ない社員が解雇されるのは、ある程度は致し方ないでしょうね。我々は従業員ではないので、労基署は守ってくれませんが……」

先日の男性アイドルグループの一件を思い出した。弁護士とこの法律事務所の関係は、彼らアイドルと芸能事務所の関係と似ているのかもしれない。

「じゃあ就職活動中ってことですか？」

「まあ……ただ、受け入れてもらえそうな事務所が見つからないんです。名目上だけ事務所に所属する形――軒先を借りるのでノキ弁と言われますが――も摸索《もさく》したんですが、うまくいかなくて。今月までは元の事務所に籍を置かせてもらえるんですが、もう時間がないので、自力で開業するしかないかと」

こんなに後ろ向きな独立があるのか、とロンは内心驚いた。清田は「それでね」と力をこめる。

「こういう時は自宅を事務所にして開業するのが普通なんですが、私が自宅で開業したところで、顧客がつくとは思えないのです」

「ちなみに、自宅ってどこなんです？」

「新杉田《しんすぎた》駅から徒歩十五分の木造アパートです。ちなみに築四十五年です」

「そりゃあ、厳しいですね」

立地的にも、外観的にも、繁盛するわけがない。木造アパートの一部屋が法律事務所だとは普通思わない。少なくとも、新規顧客がふらりと訪れるとは思えなかった。

「かといって、立地がよくて家賃が手ごろな場所も見つかりません」

「そんな物件、簡単に見つかるわけないですよ」

「そこで、ご相談なんですが」

清田は横目でマツを見た。二人の間で、何か話がついているらしい。マツは「ロンよ」とおもむろに口を開く。

「お前の家の一階、空いてるよな。元翠玉楼の場所」

「……おい、まさか」

「あそこをさ、清田先生に貸してあげてくれないか？」

「いやいやいや。ムリムリムリ」

ロンは激しく首を横に振るが、清田はテーブルに両手をつき、頭を下げた。

「お願いします。自宅で開業しても、食いっぱぐれる未来しか見えないんです。私が弁護士としてやっていけなければ、顧客の皆さんを困らせることになる。債務で苦しんでいる人々を、路頭に迷わせるかもしれない。それだけは避けたいんです」

「気持ちはわかりますけど……」

「あの立地なら、絶対に事務所は繁盛します。もちろんタダとは言いませんから……いや、そうしてもらえるならタダのほうが嬉しいですが」

清田は小声で付け足した。威勢がいいのか、頼りないのかわからない。黙っていると、マツも清田に加勢した。

「せっかく、カンさんが立ち直りかけてるんだぞ。ここで清田先生が潰《つぶ》れちゃったら、またカンさんが借金まみれに逆戻りするかもしれない。お前が事務所を貸すかどうかで、カンさんの生き死にが決まるんだよ！」

「大げさな」

ロンは肩をすくめる。

「だいたい、所有者は俺じゃないんで。あそこはうちのじいさんの持ち家だから、じいさんの許可がないと貸せない」

それくらいのことは、マツも知っているはずだった。だがマツは、この展開を予想していたかのようにほくそ笑む。

「だったら、良三郎さんが入院している間だけでも、先生に間貸ししたらどうだ？」

「え？」

「見舞いに行った中華街のじいさんたちから聞いたぞ。良三郎さん、二、三か月は入院することになってるんだろ？　だったら、その間だけでもこっそり貸しちゃえばいいじゃねえか。ロンだって鍵の場所くらい知ってるだろ」

マツの横で、清田は懇願するような目でこちらを見ている。

——店舗の鍵は、台所の引き出しの一番下にある。お前が必要だと思えば、いつでも持っていけ。

たしかに、良三郎はそう言っていた。言っていたが……。

「バレるだろ、絶対。じいさんたちの情報網ナメんなよ」

「大丈夫だって。バレない、バレない。なんか、友達を泊まらせてたとか、適当に言っておけば大丈夫だよ。その二、三か月の間に、ちゃんと次の事務所見つけるから。そうでしょ、清田先生？」

「その通りです」

力強く清田がうなずくたび、後頭部の寝ぐせがぴょんぴょんと揺れる。昔、こういうおもちゃがあった気がする。

ロンは腕組みをして考えこんだ。普通に考えれば、あり得ない提案だ。しかしカンさんをはじめ、清田を頼りにしている債務者は数多くいるだろう。彼が弁護士として立ち行かなくなれば、大勢の人が困るのも事実だ。それは、隣人たちを助ける、というロンの信条に反する。

「ねえ、ロン」

振り返ると、マツの母が立っていた。右手に持った麦茶のボトルを、どん、とテーブルに置く。

「私が口挟むことじゃないけどさ。今回は前向きに考えてもいいんじゃない？」

「なんで？」

「中華街では物騒なこともあるだろ。観光客が暴れたり、物壊したりさ。悪質な商売も横行してるみたいだし。警察も頑張ってるとは思うけど、弁護士の先生がいてくれたほうが、何かと安心じゃないのかい？」

「そうそう、そうなんだよ。母ちゃん、いいこと言う」

ここぞとばかりに持ち上げる息子をスルーして、マツの母は続ける。

「それに、親仁善隣《しんじんぜんりん》は国の宝、っていうだろ。その先生きっといい人だし、助けてあげたらいつか自分にいいことが返ってくるよ」

親仁善隣を引き合いに出されると弱い。中華街で生まれ育ったロンにとって、その言葉は血肉のようなものだった。

眉を八の字にした清田は、弱りきった表情でロンの答えを待っている。ほんの一か月。いや、二週間。それくらいなら、居候させてもいい気がしてきた。カンさんの件で世話になっているのは間違いないし、断っても後味が悪い。

「わかりましたよ」

「貸してくれるか?」

がばっ、とマツが前のめりになった。

「二週間、うちの一階を清田先生に貸します。その間に次の事務所の場所を見つけてください」

「せめて一か月にしてやれよ」

「じゃあ三週間。三週間経ったら、出て行ってくださいね。いいですか?」

途端に清田の顔が明るくなる。

悩みの底にいる依頼者の顔が明るくなる瞬間、ロンの胸は毎回ときめく。この瞬間が忘れられないせいで、困っている人の頼みを断れないのかもしれない。

「ありがとう、小柳くん」

「三週間だけですからね」

「ありがとう、ありがとう」

ロンの話を聞いているのかいないのか、目に涙を浮かべた清田は感謝の言葉を繰り返す。寝ぐせはさっきよりも勢いよく跳ねている。ふた回りほど上の清田がぺこぺこと頭を下げる光景に、ロンはつい苦笑した。

――まあ、いい人なのは間違いないよな。

そう思いつつ、ロンは早くも頭のなかで良三郎への言い訳を考えはじめていた。

翌朝九時、ロンはインターホンの音で目が覚めた。昨夜は遅くまで凪がフロントマンを務めるヒップホップクルー「グッド・ネイバーズ」の新譜を聴いていたため、夜更かしをしてしまった。

寝ぼけ眼《まなこ》をこすりながら玄関ドアを開けると、そこにはキャリーケースを手にした清田が立っていた。

「おはようございます、小柳くん」

「……ん？」

数秒考えて、昨日、「洋洋飯店」で清田に家の一階を貸すと約束したことを思い出した。具体的にいつから、という話はしていなかったが、清田は今日から入居する気満々のようである。

「あ……もう、今すぐ入りたい感じですか?」

「もちろん!」

なぜか清田は鼻息が荒い。彼なりに、独立開業という新たな門出に興奮しているのかもしれない。

ロンは教えられた通りの場所から店舗の鍵を取り出し、スウェットにフリースという格好のまま一階へ下りた。路上をのんびり歩いていたカラスが飛んでいく。白い息を吐きつつ、外側から正面入口を解錠した。扉を開けて、清田を招じ入れる。

「どうぞ」

ロン自身、足を踏み入れるのは数年ぶりだった。テーブルや椅子は撤去しているが、内装は「翠玉楼」が営業していた当時のままだ。銀や赤であしらった壁紙には、往時の面影が残っている。

客席だけでおよそ五十坪ほどあり、天井も一般の住宅より高い。カーテンを開けると朝の陽光が差しこんでくる。広々とした空間を前に、清田は目を輝かせていた。

「これが、私の新しい事務所……」

「三週間限定のね」

ロンは補足したが、清田の耳には入っていそうにない。

「あの、電気や水道は?」

「どっちも大丈夫だと思いますよ。二階の住居部分で使ってるんで。電気のブレーカーは厨房の奥に。水道の元栓も厨房のどっかにあると思います」

「すばらしい」

感動していた清田だが、何かを思い出したのか「あっ」と叫んだ。おそるおそる、ロンのほうを振り返る。

「それで……昨日ちゃんと話してなかったんですが、家賃のほうは？」

「タダでいいっすよ。三週間だけだし」

そう告げると、清田は感極まったように「おお」とうめいて膝《ひざ》をついた。両手は祈るように組み合わされている。その反応に、ロンはいささか引いていた。

「いや、やりすぎでしょ……」

「ありがとうございます！　ありがとうございます！」

ひれ伏すように感謝を述べる清田を前に、ロンは思う。

――いい人だけど、絶対変な人だな……

清田はキャリーケースを床の上で開いた。なかにぎっしりと詰めこまれていたのは、大量のファイルと書類である。どこからか持ってきた段ボールを組み立てて、書類を移し替えていく。

「なんですか、それ」

作業を横で見ていたロンが話しかけると、清田は「仕事道具です」と答える。

「パソコンとスマホを除けば、弁護士にとって最も大事な仕事道具は書面ですからね。取り急ぎ、顧客情報をまとめた最重要ファイルだけ持ってきました。明日以降、他の書類も運びこもうと思います」

「あの、三週間だけですからね。三週間」

不安になったロンが念を押す。明らかに、清田はここにがっつり居座ろうとしているように見えた。

作業をしているうち、だんだん清田の目が赤くなってきた。鼻水をすする音もする。キャリーケースの中身をすべて移し終えると同時に、はっくしょい、と盛大なくしゃみが出た。見るからに普通ではない。

「大丈夫ですか？」

「お構いなく。ハウスダストアレルギーでして……あ、また来そうだ」

言っているそばから清田は、はっくしょい、と再度くしゃみをした。続いて懐からポケットティッシュを取り出し、鼻水をかむ。久しぶりに使う部屋のため、埃《ほこり》が積もっているらしい。

——だったらマスクとかしてこいよ。

呆れながらも、ロンはなんとなくこの弁護士を放《ほう》っておけない。

「掃除、手伝いましょうか。雑巾とバケツでよかったら貸しますよ」

「いえ、さすがにそこまでしてもらうわけには！」

清田は両手を振りながら、また一つくしゃみをする。

「いいですよ。どうせヒマなんで。あと、コンビニでマスクでも買ってきてください。それじゃ作業にならないでしょ」

「……恩に着ます」

清田は平身低頭しながら外へ出て行く。元「翠玉楼」の真ん中で、ロンは息を吐いた。

「大丈夫かよ、センセイ」

清田は落ち着きがないし、頼りない。生活力にも欠ける。けれどなぜか、憎らしいとは思わなかった。

「もはや、お人よしの域を超えてるよ」

呆れ顔で言ったのは凪だった。今日の凪は、蛍光グリーンのスウェットにブラックジーンズという出で立ちである。「洋洋飯店」のいつもの席でビールを飲みながら、凪はロンに言い放つ。

「清田先生は、きっといい人なんだと思うよ。思うけど、もし万が一、その人が悪人だったらどうする？」

ロンの横に座るマツが、憤慨しつつ横槍《よこやり》を入れる。

「清田先生は悪人なんかじゃねえよ」

「だから、万が一、って言ったでしょうが。現にロンが三週間だけって言ってるのに、清田先生のほうは居座るつもりなんだよね？」

「まあ……そう見えるな」

「それもいいんじゃね？　どうせ空き店舗なんだろ？」

元も子もないことを言いだすマツを、車いすのヒナが「そういう問題じゃないから」とたしなめる。

「あそこはただの空き店舗じゃなくて、翠玉楼だった場所なんだよ。ロンちゃんにとっても良三郎さんにとっても、大切な場所に決まってる」

そう言われて、鈍感なマツもさすがに口をつぐむ。ロンはウーロン茶を飲みながら、顔をしかめた。

——俺はともかく、じいさんにとってはそうだろうな。

かつて「翠玉楼」だった場所を無断で弁護士に貸していると知ったら、良三郎は何というだろう。怒りのあまり卒倒して、また救急車を呼ぶ羽目になりかねない。やはり、清田には三週間できっちり退去してもらわなければならない。

「人助けもいいけど、ほどほどにしといたほうがいいよ。ロンはやるとなったら、とこととんまでやっちゃうタイプだから。自分の身が破滅したら、意味ないからね。あんたのこと心配してる人間もいるわけだし」

凪は横目でヒナを見つつ、箸《はし》で唐揚げをつまんで口に運んだ。

「むっ、この唐揚げおいしい。なんかスパイス入ってる」

「五香粉《ウーシャンフェン》と花椒《ホアジャオ》だろ。さてはオヤジ、ちょっとレシピ変えたな」

すかさず指摘したマツに「へえ」と応じつつ、凪はじろりとにらむ。

「やけに鋭いね」

「いや、これくらい普通にわかるだろ」

マツは妙に焦っていたが、誰《だれ》も追及せずうやむやになった。

今日の集まりは、四人での新年会という名目だった。そもそも年始に初詣《はつもうで》に行くはずだったのだが、日程が合わなかったため、代わりに一月下旬に食事会を開くことになった。例によってロンだけはスケジュールがスカスカだが、他の三人は忙しそうにしている。

「ヒナちゃんのサークルって、今どんな感じなの？」

「うーん。なかなか大変だけど、一応は軌道に乗ったかな。人数は半分くらいになっちゃったけど、腕のいい人たちは残ってくれたし」

ヒナは引き続き、プログラミングサークルの幹部として奮闘している。残ったメンバーで再始動し、新しい生成ＡＩツールの開発をはじめたばかりだ。新代表を務めているのは逮捕された木之本の後輩だが、会合にはほとんど出席していないという。実質的にサークルはヒナが仕切っているようだ。

「なにそれ。無責任な代表だね」

怒る凪に、ヒナは「まあまあ」と言う。

「お飾りの代表でも、サークルをかき回されるよりはよっぽどいいよ。何にもわかってないくせに首突っこんできて、責任も取らないのが一番ムカつくからね」

「……顔は笑ってるけど、結構辛辣《しんらつ》だね」

凪が言う通り、ヒナの物言いには隠しきれない棘《とげ》があった。

「凪はどうなんだ？」

ロンが水を向けると、凪は「絶好調だよ」と言う。

「新譜の再生数も調子いいし、ライブチケットも即完だし。今度また新しいの出すから、楽しみにしてて」

「ジアンは元気か？」

キム・ジアンは、凪の恋人である。中学生の時に破局したが、一昨年に再び交際をはじめた。その顚末《てんまつ》にもロンたちは関《かか》わっている。

「元気元気。そろそろ一緒に住もうかって話してる」

他の三人から「おお」と感嘆の声が上がった。交際は順調らしい。

「ま、実家とは絶賛絶縁中らしいけどね」

凪はビールを飲みながら、さらりと言った。女性であるジアンが凪と交際していることを、川崎に住む彼女の父は快く思っていない。そのわだかまりはいまだに解けていなかった。

「すぐには解決しないか」

「時間かけるしかないよね。そこは最初から覚悟してたから、別にいいんだけど。私のことよりも、ミスター柔術」

棒棒鶏《バンバンジー》を咀嚼《そしやく》しながら、凪はマツを見やる。

「俺？」

「あんた、ずっと私らに何か隠してるよね。そろそろ言ってもいいんじゃない？」

うんうん、とヒナがうなずく。

この数か月、なぜかマツが忙しそうにしているのは周知の事実だった。だがその理由を他の三人は知らない。それとなくマツの母にも訊《き》いていたが、やはり知らないという。家族にも言えないような事情とは何なのか、ロンはますます気になっていた。

「いや、引っ張りすぎて言うタイミング失ったっていうか」

マツはぼそぼそと言い訳を口にした。

「なにそれ」

「本当に大したことじゃないんだって」

「なら、さっさと言えよー」

凪が小突く真似をした。

「どこかで言うから。だから、もう少し待って。な？　あっ、そういえば欽ちゃん最近どうしてんのかな？　ロン知ってる？」

欽ちゃんとは、幼馴染《おさななじ》みの警察官である岩清水欽太のことだ。苦しい話題転換だったが、ロンは仕方なく合わせてやる。

「知らない。今日も一応声かけたけど。毎日残業してるんだろ」

「大変だな、警察も」

マツは少しぬるくなったビールを飲む。ロンはそれを横目に、あとどれくらいこうして四人で集まることができるだろう、と考えた。


清田が中華街に引っ越してきてから、ちょうど一週間が経《た》った日。

ロンは昼食を食べに外へ出た。自宅の玄関扉を出て、外階段を下り、店の前の通りを歩き過ぎようとした、その時。視界の端に妙なものが見えたことに気付いた。

――ん？

足を止め、周囲を注意深く観察してみる。

違和感の正体は看板であった。一階の正面扉の上、もともと「翠玉楼」の看板が掲げられていた場所に、見知らぬ横長の看板があった。そこには、白地に黒文字で〈横浜中華街法律事務所〉と大書されていた。

あんぐりと口を開けて見上げるロンのもとに、ちょうど清田が現れた。客先へ行くところなのか、革鞄《かわかばん》をさげ、意気揚々と正面扉から出てくる。

「あっ、小柳くん。こんにちは」

「清田先生。なんですか、これ」

ロンが看板を指さすと、清田は「伝えてませんでしたか」と言った。

「けさ、できあがったんですよ。〈横浜中華街法律事務所〉。シンプルですけれど、いい名前でしょう」

「いや、なに勝手に看板出してるんですか。あと、この名称。横浜中華街って思いっきり入ってますけど、これから先もずっとここに居座る気ですか？」

「それって難しいですかね？」

とぼけた顔の清田に、ロンは嘆息する。

「最初から三週間の約束なんで……」

「小柳くん、お昼は食べましたか？」

「はい？」

「これから、依頼者とランチを食べながら打ち合わせの予定です。よければ一緒に行きませんか。ご馳走《ちそう》しますよ」

ご馳走、という言葉には抗いがたい魅力がある。タイミングよくロンの腹が鳴った。迷っていると、清田が歩き出すそぶりを見せた。

「そろそろ約束の時刻です。行きましょう」

「あ、はい」

つられて、ロンは横に並んで歩き出す。清田に文句をつけるつもりが、すっかり気勢を削《そ》がれていた。くたびれた横顔をうかがいながら、ロンは思う。

――この先生、意外と策士なのか？

清田が入ったのは、駅近くの路地に面した小さなイタリア料理店だった。ドアを開けるとカウベルが鳴り、奥のテーブル席に座っていた中年男性が顔を上げた。清田と目が合うと、立ち上がって一礼した。

「お待たせしました、梶井《かじい》さん」

清田は梶井と名乗る男性の向かいに腰を下ろした。その隣に座るロンを、梶井は不審そうに見やる。

「あのう、こちらの方は？」

「ご心配なく。小柳くんといって、私の事務所の新しい事務員です」

「えっ？」

振り向いたロンに、清田は微笑を返す。話を合わせてくれ、という無言のメッセージだった。仕方なく、「そうなんですよね」と引きつった笑みで応じる。梶井は納得したようで、ほっとした表情を浮かべた。

卓上にはランチのメニュー表が置かれている。梶井はすでに頼んでいるらしく、清田とロンに注文を勧めた。ロンが目を輝かせながら品定めしていると、清田がさっと手を挙げて店員を呼び止めた。

「すみません。ペペロンチーノを二つ」

「あ、あれ？」

ペペロンチーノは一番安いメニューである。店員は「かしこまりました」と言い残し、颯爽《さっそう》と去っていった。本当は〈当店名物・ナスとひき肉の濃厚ボロネーゼ〉を食べたかったのだが。

——俺のボロネーゼ……

未練たらたらのロンを尻目に、清田はさっそく本題を切り出す。

「その後、お母様の様子はいかがですか？」

「今のところ、新しい借金はしていないみたいです。でも、闇金の人とはいまだに会っているみたいで……」

清田と梶井の話を聞いているうち、ロンにも相談内容がおぼろげに見えてきた。

依頼者である梶井の母は、七十代で一人暮らしをしているらしい。趣味はパチンコで、ギャンブル依存症か、それに近い状態だという。梶井の母はパチンコで負けるたび、数万円ずつ消費者金融で借りることを繰り返していた。しかし負けがこんできたため返済できなくなり、とうとう、違法な高金利を取る業者——いわゆる「闇金」に手を出した。

「今回、お母様が借り入れしたトゥルースファイナンスは無登録で貸金業を行っています。これは貸金業法違反ですね。また法で定められた上限を超えた金利で貸し付けを行っており、出資法違反にもあたります」

清田は手慣れた口ぶりで話を進める。

「お母様の場合、違法業者から三万円程度の小口の借り入れを繰り返し、その都度、きっちり利子も含めて返済されています。現在までの借入額は総額で約八十万円……ということでしたね」

ノートを見ながら話す清田に、うなだれた梶井が「はい」と言う。

「わが親ながら、本当に情けないお話です」

「とんでもない。こうして息子さんが動いてくださることが大事ですから。こういう問題は本人だけでは解決しにくいものです」

清田はテーブルの上で手を組み、穏やかに語る。

「繰り返しになりますが、前提から確認しましょう。まず闇金から借りたお金は、法的に返す義務はありません」

「え、そうなんですか？」

思わず驚いたのは、横で聞いていたロンだった。

「はい。民法708条では、〈不法な原因のために給付をした者は、その給付したものの返還を請求することができない〉と定められています。要するに、違法な金利で貸し付けた者は、返還請求ができません」

「へえ」

「とはいえ、暴力的に脅されれば、返さなければいけないという思いに囚《とら》われます。同じくらい厄介なのは、闇金業者と友好的な関係を築いてしまった場合です」

そこで三人のパスタが運ばれてきた。ペペロンチーノの匂《にお》いが食欲を刺激する。ボロネーゼもいいけど、これはこれで悪くない、とロンは思い直した。フォークでパスタを巻き取りながら、清田に問いかける。

「でもそんなこと、あり得ます？　闇金と仲良しなんて」

「梶井さんのお母様がそうなんです」

梶井は神妙な顔でうなずく。

「私もいまだに信じられません」

「取り立てが厳しくなく、適法業者のように装う闇金というのは少なくありません。ソフト闇金、とよく呼ばれていますね。ソフト、という響きから優しいイメージがついてしまいますが、要するに同じ闇金です」

ロンは「ソフト、ねえ」と相槌《あいづち》を打つ。

「闇金って、大声とか暴力で威嚇して、返済させる印象でした」

「それは古典的なイメージですね。実際はもう、そんな人はほとんどいません。現在の闇金はもっと狡猾《こうかつ》です。焦点は、被害者に被害者だと思わせない、ということです」

清田はパスタを食べながら、器用に話す。

「梶井さんのお母様も、そもそも相手を違法な業者だと思っていませんでした。とにかくいくら借りて、いくら返すか、ということにしか興味がない。だから金利の違法性にも気が付かないんです。相手の見た目も重要です。一見、普通のサラリーマンのようだし、物腰も穏やかに見える。しかも世間話の相手になってくれたり、個人的な相談に乗ってくれたりする。そういう方法で顧客を釘付けにするんです」

「そんなやり方で、お金は返ってくるんですか?」

「基本的に小口ですからね。全額じゃなくても許したり、返済期限を延ばしたりと、融通を利かせることもある。そうやって、細くとも末永く搾取するのが今の闇金のやり口なんですよ」

梶井はあまり食欲がないのか、フォークの先でパスタを突《つつ》いている。

「そんなこと、全然知りませんでした。たまたま母の家に寄った時、知らない男の人が来ていて。よくよく聞いてみたら借金している相手で、しかも金利が異常に高いと知ってびっくりして……こうして、清田先生に相談した次第です」

あっという間にペペロンチーノをたいらげたロンは、「それで」と清田に尋ねる。

「先生はどうするつもりなんすか?」

「業者にはすでに警告しました。相手も違法であることは認識していますから、普通はこれで手を引くはずです。ですが……」

「母のほうから連絡してしまうんです」

梶井が弱りきった顔をする。

「話し相手がほしいからと、勝手に連絡してしまって。むしろ私や清田先生に怒っているんです。大事な相談相手を、どうして追い払ってしまうんだって」

ロンは唸《うな》りつつ首をひねる。梶井の母にとっては、闇金だろうが何だろうが、頼りになる相手には違いないのだ。違法かどうかは関係ない、と言ってもいい。問題は根深かった。

「このままでは、他の闇金に手を出すおそれもあります。そうなれば本質的な解決にならない。積極的に、親族の皆さんやお知り合いで見守っていきましょう」

その日の話はそれで終わり、あとは梶井と三人で雑談をした。関係のない話をしていると気がまぎれるのか、梶井もパスタを半分ほど食べることができた。

「では、また」

清田はきっちりペペロンチーノ二人前の料金を支払い、店を後にした。ロンは中華街へ引き返す清田と並んで歩きながら、ずっと思っていたことを吐き出す。

「さっきの件。警告するのも大事ですけど、ちゃんと闇金業者を懲らしめたほうがいいんじゃないですか?」

「相手を懲らしめても、梶井さんのお母様に考えを改めてもらわなければ、また別の業者から借金するでしょう。それでは解決にはなりません。私の仕事は、被害者を債務の連鎖から脱出させることです」

清田の言うことはもっともだが、悪人を野放しにするのも腑《ふ》に落ちない。

「なんか納得いかないなぁ」

ロンのぼやきは一月の路上に溶けていく。

「あと、なんで事務所があるのにあそこで打ち合わせしたんですか?」

「それには意味があります。あのお店の店主は、梶井さんのご親戚《しんせき》なんですよ。お母様の問題も相談に乗ってくれているそうです」

それを聞いて、ロンは納得した。清田はランチ代を落とすため、わざわざあの店で打ち合わせをしたのだ。

「依頼者だけでなく、その周辺の方に好印象を持ってもらうのも大事なことです。特に今回のケースでは、依頼者のお母様が問題の中心にいます。そのため、梶井さんだけでなく他の親族のサポートも得たほうがいい。我々が信頼に足る人間だと思ってもらえば、親族への説明もすんなりいく、というわけです」

「なるほど……我々、っていうか、俺は事務員じゃないですよ」

「我々は法的な問題には関われますが、親族の事情にまでは踏みこみにくいものです」

「だから、我々、って言うのやめてください」

「小柳くん」

清田は唐突に立ち止まった。脂じみたメガネの奥にある目で、ロンをじっと見ている。

「どうです。本当に、うちの事務員になりませんか？」

「……俺が、ですか？」

「独立してわかったんですが、元いた事務所のパラリーガルにやってもらっていた作業が、思いのほかありまして。とても一人では手が回らないのです。週に三日、アルバイトとして働きませんか」

ロンは即答できなかった。

自宅の真下で働けるとなれば、こんなにラクな仕事はない。清田の人柄から、きつい仕事をやらされる心配もなさそうだ。今は警備員のアルバイトをしているが、日数を減らせば時間の都合はつく。悪くない話に思えた。

ただ、心配もある。

「俺、法律とかわかんないですよ。高卒だし。事務作業も苦手だし……」

「〈山下町の名探偵〉」

清田はきっぱりとした口ぶりで言った。

「そう呼ばれているそうですね。趙《ジャオ》くんから聞きました」

「まあ、はい。ダサいっすけど」

「知り合いの相談に乗り、個人的に悩みを解決していると聞いています。もしよければ、私が小柳くんの顧問になりましょう」

思いがけない申し出に、ロンはぽかんとする。

「顧問？」

「聞けば、かなり無茶なこともしてきたそうですね。警察の厄介にもなっているとか」

「……否定はできないです」

「大半の悪人は、自分が罪を犯していることを理解しています。懲らしめずとも、その罪を自覚させるだけで問題を解決できることもある。私は刑事の知識もフォローしています。きっと小柳くんの力になれると思います」

清田は指先でメガネのブリッジを押し上げた。

「うちの事務所で働いてくれるなら、顧問になりましょう。もちろん時給は出します。どうですか？」

ロンはこれまでに渡ってきた、危ない橋の数々を思い出す。詐欺や傷害の犯人たちを追い、時にはロン自身が陥れられることもあった。反社会的な男たちにさらわれ、殺されかけたこともある。

今後もロンは、助けを求められれば応じるだろう。その時、いつでも相談できる専門家が身近にいれば心強いのはたしかだった。大月弁護士は不動産が専門だし、毎度、警察官の欽ちゃんを頼るわけにもいかない。

腹は決まった。直立したロンは、不器用に頭を下げた。

「俺でいいなら、よろしくお願いします」

顔を上げると、清田は微笑していた。

「こちらこそ」

清田大助は不思議な弁護士だった。頼りないうえに、自分勝手で生活能力も低そうだ。一方では策略家でもある。いったいどれが本性なのか、ロンには判断がつかない。ただ、いい人なのだろう、という当初の印象だけは変わらない。

「ところで、清田先生」

「なんですか」

「三週間で退去するって約束だったと思うんですけど、それは？」

「……そんなこと言わないでくださいよぉ」

突然、清田は泣き顔になってすがりついた。ロンはその手を引きはがそうとするが、思いのほか力が強い。

やはり、この男の本性はつかめない。


ロンは窓から、横浜駅前にあるカフェのなかを覗《のぞ》いた。店の外から客の顔ぶれを確認する。目当ての男性は奥側の席にいた。スーツを着た三十歳前後の男で、手元のスマホに集中している。事前に電話で聞いていた通り、鈍い金色のスマホケースを使っていた。

――来ちゃったよ。

相手の男は、梶井の母に貸し付けを行っている闇金業者だった。名前は里見《さとみ》というらしいが、本名かどうかはわからない。

ロンが清田のもとでアルバイトをはじめて、三日が経つ。事務所での最初の仕事は書類整理だった。指示された通り、膨大な書類をフォルダに振り分けていく単純作業だ。そのなかに梶井の依頼内容をまとめたメモもあった。里見の名前と電話番号を目にした瞬間、ロンの身体《からだ》がかっと熱くなった。

――一発かましてやらないと、気が済まない。

清田は闇金業者を警察へ突き出すことに否定的だったが、できるだけ、何らかの形で痛い目に遭わせてやりたかった。悪人だとわかっていながらペナルティがないのは納得できない。警察が頼れないなら、自分でやるしかない。

番号をこっそり控えておいたロンは、夕方、自分の部屋から電話をかけた。つながらないかもしれないと覚悟していたが、杞憂《きゆう》に終わった。

――トゥルースファイナンス、担当の里見でございます。

電話の向こうから聞こえてきたのは、歯切れのいい男の声だった。

――あのう、友達からお金が借りられるって聞いたんですけど。

――はい。金額によりますが、どのようなお客様でも即日お貸しできます。よろしければ、これからお客様のもとに伺いますが。

意外な返答だった。どこかの店舗に来るよう指示されるのだと思っていたからだ。

――お店はないんですか？

――ございません。弊社は無店舗で営業しておりますので。

里見の受け答えは淀《よど》みなかった。短い話し合いで、融資額は五万円、一時間後に横浜駅前のカフェで集合と決まった。里見の目印は、紺のスーツと金色のスマホケース。

「まずいな」

店内にいる里見を確認しながら、ロンはつぶやく。今になって、自分が何の作戦も立てていないことに気付いたのだ。勢いで呼び出したものの、具体的にどうかましてやるのか、考えていなかった。

　ここまで来たからには、行かないという選択肢はない。何とかなってくれ、と祈りながら、ロンはカフェへ足を踏み入れる。まっすぐに歩み寄ると、目が合った。里見が朗らかに笑う。

「小柳さんですよね。飲み物買ってきます。何がいいですか？」

　流されるまま、ロンはコーヒーを頼んだ。里見がカウンターに飛んでいき、コーヒーを手に戻ってくる。その姿は、闇金という言葉から連想される物騒さとは無縁だった。外回りの営業マンか何かに見える。

「ご足労いただき恐縮です」

　相好を崩した里見がコーヒーを勧める。

「いつもこんな感じなんですか」

「そうですねえ。だいたい、カフェやファミレスでお会いさせてもらいます。カラオケで、という時もありますね」

　ロンは辺りを見回した。金の貸し借りについて話すにしては、オープンすぎやしないだろうか。戸惑いをよそに、里見は「それでですね」と切り出す。

「ご相談の件、用意させていただきました。いくつか注意事項の説明を……」

「あの、すみません」

「はい？」

「里見さん、違法な金利で貸し付けてますよね？」

告げた瞬間、里見の顔色が変わった。愛想笑いが消えて真顔に変わる。

「金利は十日間で四十パーセント。出資法で決められている上限は年利二十パーセントなんで、どう考えても違法ですよ」

「………」

「闇金なのはわかってんだよ。これ以上違法な貸し付けを続けるなら……」

「あんた、何者？」

里見はうなるような低い声で言った。上目遣いでロンをにらみ、舌打ちをする。威嚇しているつもりのようだが、ロンには無意味だった。

「法律事務所の者です」

仕事をはじめたばかりのアルバイトでも、一応は事務所の人間に違いない。里見が何かを探るような顔つきになる。

「……思い出した。この間弁護士から電話かかってきたけど、そこの仲間？　梶井のばあさんの件だろ？　よく飽きないね」

里見は足を組み、テーブルに肘《ひじ》をついてロンを見据える。これが彼の本性らしい。敵意をむき出しにする相手に、ロンは平然と「ヒマなんで」と応じる。

「何が目的なの？」

「警察に自首してください」

それを聞いた里見が噴き出した。

「えっ、正気？」

「違法な金利で貸し付けていることは、依頼者の証言でも裏が取れている」

「ふうん。自首してこっちにメリットあるの？」

「自首しないなら、俺が警察に告発する」

「あ、そう。すれば？」

里見は平然と言い放った。ロンは耳を疑う。

「警察に言ってもいいのか？」

「どうぞどうぞ。どうせ捕まらないから」

足を組んだ里見は、悠然とコーヒーを飲んだ。

「なぜ捕まらないか、教えてあげようか。小柳くんは、個人的に友達と金の貸し借りはしたことある？」

「……ちょっとくらいは」

「無登録で他人に金を貸すのは、貸金業法違反にあたるんだよね。でも個人間で金を貸したって、別に逮捕されるわけじゃない。金利だってそう。要は規模とか回数の問題なんだよ。そこさえ押さえてれば、俺らが捕まることはない」

ロンは黙って、里見の発言に耳を傾ける。

「仮に、きみが俺を警察に突き出したとしようか。警察はきみの証言をもとに、高金利で貸し付けを行っただろうと俺を責める。そこで俺はこう言う。『俺は個人的な知り合いに、数万円貸しただけです。疑うんだったら金を借りた本人に訊いてみてくださいよ』とね。警察が確認したところで、借り手は絶対に認めない。だって、俺が捕まったら困るからね。金が借りられなくなるし、相談にも乗ってもらえない。みんな、俺と口裏を合わせてくれる。だから俺は捕まらない」

里見は両手を広げて、肩をすくめた。

ロンはようやく、被害者に被害者だと思わせない、という清田の言葉の意味を理解した。お金を借りている側がきちんと告発しなければ、被害の全容は明らかにならない。

「だいたい、大半の借り手が本当に欲しいのは金じゃないんだよ。俺らがやってるのはカウンセリングなの。金を介したカウンセリング」

「は？」

「そこがわからないと、俺らみたいな存在は一生いなくならないよ」

里見は懐からガムを取り出し、音を立てて噛《か》みはじめた。

「梶井のばあさんはな、夫に死なれて十年以上もあそこで一人暮らしをしてるわけ。息子家族も滅多に遊びに来ないし、こっちから行けば鬱陶《うっとう》しがられる。近所に友達はいないし、句会には興味があるけど入る勇気もない。朝から晩まで、誰とも話さずに終わる日も少なくない。そのばあさんにできる唯一の暇潰しがパチンコなんだよ。梶井のばあさんは、パチンコが楽しくてやってるんじゃない。他にやることがないからやってるだけだ」

くちゃくちゃとガムを嚙みながら、里見は続ける。

「借金がふくらんでうちに連絡が来た時、すぐにピンときた。このばあさんがギャンブル依存症になったのは、孤独のせいだって。そこから俺は親身になって話を聞いてやった。ばあさんの家に行って、息子一家への愚痴や昔話に相槌を打ってやった。こんなこと、息子は一度でもやってやったか？　ばあさんのギャンブル癖や借金にばかり目がいって、本当の問題から逃げてるんじゃないか？」

言い返したくとも、ロンにはその言葉がなかった。里見の台詞《せりふ》には、一定程度だが真実が含まれているように感じた。

「俺はたしかに金を貸してる。金利だって高い。でもな、それはカウンセリング代なんだよ。現に向こうは納得して払ってる。弁護士からの警告があった後も、梶井のばあさんからは電話がかかってくる。もう来てくれないの、って泣きつかれたよ。弁護士が出張ってくると面倒だから、あそこには二度と行かないけど」

　里見は包み紙にガムを吐き捨てた。

「で、これからどうすんの？　自分ではいいことしてるつもりかもしれないけど、ばあさんにとってはとんだ迷惑だよ」

「……それでも、違法は違法だろ」

「さっきからそればっかりだけど、そんなに自分の行いに自信あるの？　生まれてから、一度も法に触れたことがないとでも思ってる？　そんなわけないよね。自分だけが裁く立場にいると思わないほうがいいよ。俺もきみも、グレーゾーンにいるという意味では同じなんだから。これでもし梶井のばあさんが寂しさのあまり自殺でもしたら、責任取れんの？」

　ロンは両手を握りしめ、沈黙するしかなかった。犯罪者である里見が正しいわけがない。だが、流れるような里見の語りにうまく反論できないのも事実だ。無策で来たことを、今さら後悔した。

　里見は空のカップを手に立ち上がる。

「コーヒー代はおごりにしといてやるから、二度と連絡してくんな」

かつ、かつ、と足音を鳴らして里見は去っていく。呼び止めることもできず、ロンは歯を食いしばって見送るしかなかった。

　里見に電話をかけた時の興奮は、目の前のコーヒーと同じくらい冷めきっていた。

太いストローに口をつけ、抹茶クリームフラペチーノを飲んだ欽ちゃんはにべもなく言う。

「ムリだな、それは」

鳥の巣のようなぼさぼさ頭に、眠たげな目。何歳になっても、欽ちゃんの風貌は少年時代と大差ない。ロンの幼馴染みのなかでも、最も見た目が変わらないのが欽ちゃんかもしれない。

欽ちゃんとの打ち合わせは、加賀町《かがちよう》警察署からほど近い喫茶店で行われるのが恒例だった。だが、今日は欽ちゃんの指定で元町《もとまち》・中華街駅の近くにあるカフェチェーンの店にいる。

「そんな冷たいこと言わないでよ」

ロンはキャラメルマキアートを飲みながら、むくれてみせる。

「ムリなもんはムリだ」

「なんで？　金利が高すぎるのは明らかなのに」

「これだけ厄介事に首突っこんでるんだから、ロンももう少し勉強しろ」

欽ちゃんは再びフラペチーノをすする。相当甘いはずだが、平気でゴクゴクと中身を飲みこんでいく。

「あのさ、欽ちゃん。本題と全然関係ないんだけど」

「なんだよ」

「なんで今日この店にしたの？」

「フラペチーノ飲みたかったから」

しん、と妙な沈黙が漂う。欽ちゃんがあからさまにムッとした。

「なんだ、俺がフラペチーノ飲んだら悪いか？」

「いや、悪いとは言ってないけど」

「甘いもの以外にストレスの解消法がないんだよ。タバコはまずい。酒は強くない。女に入れあげる金はない。ゲームや趣味をやる時間もない。だったら甘いものに逃げるしかねえだろ」

「……なんか、欽ちゃんってかわいそうだね」

「うるさい。お前には言われたくない」

欽ちゃんは一杯目のフラペチーノを飲み干すと、カウンターで二杯目を注文して戻ってきた。ついでにクッキーまで買っている。よほど甘いものに飢えているらしい。

「糖尿病とか気をつけてよ」

「平気だ。いくら糖分取っても、追いつかないくらいストレスかかってるから」

クッキーを頬張《ほおば》る欽ちゃんに、ロンは「それで」と言う。

「なんで警察は里見を逮捕できないの？」

「簡単に言うと、被害者がいないから」

欽ちゃんは紙ナプキンで口元を拭いた。

「今回のケースだと、金を借りている梶井さんが訴え出るつもりはないんだよな？　だったら警察への情報提供も期待できない。個人間の金の貸し借りは、基本的に民事だ。警察は民事不介入、弁護士の守備範囲だろうな」

「それじゃ、闇金はやりたい放題じゃん」

「そうは言ってない。闇金はちゃんと検挙されてる。ただ、単発の事件だけで証拠固めをするのは難しいってことだ。被害届が集まって、運営サイドの実態も明らかになれば、逮捕に踏み切れる。今回のケースだけでは検挙はムリだけど、被害届を出すことにはちゃんと意味がある」

警察もただ傍観しているだけではないらしい。欽ちゃんは甘いものを飲んでいるとは思えないほど、苦い顔をした。

「とにかく、ソフト闇金の連中は実態がつかみにくい。無店舗でやってるのも居所をつかまれないためだろ。電話番号も頻繁に変えている。ロンがかけた番号も近いうちに変更されるだろうな」

「今回の件は、もう泣き寝入りするしかないってこと？　払った金の返金は？」

「そこまでは俺もわからん。それは弁護士の仕事だろ」

欽ちゃんは甘い息を吐いて、頬杖《ほおづえ》をつく。

「こういうのは捜査一課の管轄外だって、何度言えばわかるんだよ。わざわざ他の課の知り合いに訊いて調べたんだからな」

「欽ちゃんの勉強にもなるし、いいじゃん」

「やかましい。まあ、俺もそのうち捜査一課じゃなくなるだろうけど」

「そうなの？」

寝耳に水だった。欽ちゃんは「たぶんな」と応じる。

「警察官に異動は付き物だからな。俺はもう四年以上今の部署にいるし、いい加減、異動する頃合いだろ」

「どこに異動しそうとか、わかるの？」

「わからん。希望は一応出せるけど、通るかは別問題だ」

警察の人事とはそういうものらしい。ロンには縁遠い世界だが、ほんの少し欽ちゃんを気の毒に感じた。希望と違う部署に配属されても、その場所で頑張らなければいけないのだから公務員も大変だ。

欽ちゃんはスマホをいじりながら、フラペチーノを飲んでいる。

「ところで。その清田って弁護士、信用できるのか？」

「大月先生の紹介だし、変な人じゃないと思うけど」

欽ちゃんと大月弁護士は、過去の事件で面識がある。上林の代理人としても堅実に仕事をしていて、怪しげな人物とは思えない。

「ならいいけど……良三郎さんにはなんて言うんだ?」

「何が?」

「病院から戻ってきて、翠玉楼の跡地に知らない弁護士がいたら、絶対に怒り狂うだろ。お前、覚悟しといたほうがいいぞ」

なんとなく許しているが、清田が居座りはじめて今日で三週間が経つ。正面に掲げられている〈横浜中華街法律事務所〉の看板を見たら、良三郎が激高するのは明らかだった。下手をすると、再入院することになりかねない。

一方で、今さら清田を追い出すのも忍びない。ロンは今や事務所のアルバイトであり、清田の部下と言ってもいい。さらに、清田にはロンの「顧問」になってもらっている。

「俺が言うことでもないけど、良三郎さんが帰る前に話つけといたほうがいいぞ」

「……だよねぇ」

そうは言っても、妙案は浮かばない。ロンは甘さを求めてキャラメルマキアートをすする。糖分に救いを求める欽ちゃんの気持ちが、少しだけわかった気がした。

相鉄線天王町《てんのうちょう》駅から少し歩いたところに、洪福寺《こうふくじ》松原《まつばら》商店街はある。横浜屈指の有名商店街の一つで、路地の左右には魚屋や八百屋、惣菜《そうざい》屋、肉屋に和菓子屋、婦人服店などなど、あらゆる業種の店舗が建ち並んでいる。

ロンがここに来るのは二度目だった。一度目は、高校生の頃に地元の友達と遊びに来た。金がない高校生にとっては、商店街だって立派な遊び場である。

昼下がりの商店街は活気にあふれ、そこここから会話が漏れ聞こえた。「ハマのアメ横」と呼ばれるだけのことはある。ついつい買い食いでもしたくなるが、さすがに我慢した。これから人と会わなければならないのだ。

商店街を通り抜けてしばらく進むと、目的のアパートが現れた。二階建ての古びた木造アパートで、外壁には黒っぽい雨垂れが染みついている。この部屋の一〇二号室に、梶井美千代《みちよ》が住んでいるはずだった。

インターホンのボタンにはベルのマークがあったが、風化してほとんど消えている。ロンはボタンを人差し指で押しこんだ。ポーン、と高い音が鳴る。

「横浜中華街法律事務所の小柳です」

すぐに「はいはい」と家のなかから声が聞こえる。ドアを開けたのは、褐色のカーディガンを羽織った白髪の女性だった。年齢は七十九歳と聞いている。

「どうも、お待たせしました。寒いんでなかへ」

美千代に促されるまま、室内へ足を踏み入れる。二間続きの部屋は綺麗《きれい》に片付いていた。手前側の洋間にはテーブルと、椅子が二脚あった。ロンが席につくと、美千代はすぐに温かい緑茶を用意した。

「わざわざこんなところまで、すみません」

「いえ、全然。電車で二十分くらいなんで」

「駅からも結構歩くでしょう。私なんか、商店街との行き来だけでずいぶんくたびれちゃって。食べ物は何日分か買いだめしておくのよ」

なし崩し的にはじまった雑談は、そのまま三十分も続いた。美千代はひたすら、本題と関係ない世間話を続ける。物価が高いとか、薬が増えたとか、他愛のない話題ばかりだ。ロンは素直に相槌を打っていたが、さすがに不安になってきた。三杯目の緑茶が空になると同時に「あの」と切り出す。

「借金のこと、話してもいいですか」

途端に美千代の表情が固くなった。

「ああ……そうですよね。その話のために来たんですもんね」

「すみません」

——俺はなぜ、謝っているんだ？

そう思いながらも、ロンは頭を下げていた。

今日、ロンは清田の代理としてここに来た。本当は清田が美千代の自宅を訪問する予定だったのだが、けさ急な案件が入ったために来られなくなった。そのため、ロンが代わりに美千代と面会することになった。

——俺、ただのアルバイトですけどいいんですか？

——小柳くんなら大丈夫。

実際、清田から言いつけられた用件はたいしたものではなかった。梶井美千代と面会し、この二週間、トゥルースファイナンスに連絡を取っていないか確認すること。それだけである。

「美千代さんは、もう里見に電話はしていませんよね？」

「うーん……色々あって……」

美千代はもじもじするばかりである。ロンは急かさず、じっと我慢して返事を待つ。五分ほど待って、美千代はようやく口を開いた。

「電話はしました。けど、出てくれないんです」

いや、電話しちゃダメじゃないですか。そう言いたいのをぐっと堪《こら》える。清田のアドバイスを思い出した。

——反射的に指摘してはいけません。一拍置いて、感情を抑えて応答するように。

「……この二週間で何回、電話したんですか？」

「えー、二十回くらいかな」

そんなに、という一言を再び呑みこむ。明らかに、美千代は里見への執着を捨てきれていない。彼女はとうに、里見が闇金だとわかっているはずだ。にもかかわらず、彼との会話を求めている。

「美千代さん。トゥルースファイナンスは違法な闇金なんですよ。あいつらは犯罪者なんです」

「わかってますよ、それくらい！」

思いのほか強い語調で返された。

「だったらなんだって言うんです？　誰が代わりにお金貸してくれるんですか。私はパチンコが生きがいなんですよ。里見さんがムリなら、別の人に借ります。お金を貸してくれる人は他にもいますから」

「本当に、生きがいはパチンコなんですか？」

ロンが言うと、美千代は眉をひそめた。

「……どういう意味ですか？」

「一つ、わからないことがあって。訊いてもいいですか」

返事を待たずに、ロンは質問する。

「美千代さんは毎回、どうやって金を返してたんですか？」

最初にこの話を聞いた時から、不思議だった。美千代は里見から借りた金を、毎回利子付きできっちり返済したという。困窮しているにしては妙に金回りがいい。一度や二度ならパチンコで勝ったのかもしれないが、毎回となると不自然だ。

「そんなこと、どうでもいいでしょう」

美千代の声が険を帯びた。ロンは相手の目を見て、ゆっくりと話す。

「はっきり言いますが、よそから借りていませんか?」

実は息子である梶井も同様の見解だった。別の闇金から借りていると考えなければ、スムーズに里見へ返済できている理由がわからない。だが、美千代の答えは変わらなかった。

「違います」

「他の闇金からも借りているなら、そっちにも介入が必要です」

「だから違うって」

「しかし、息子さんも心配してるんで……」

「ああ、もう。わかりましたよっ!」

美千代は金切り声を上げて席を立った。ロンに背を向けて台所の棚を探り、あるものを引っ張り出してきた。

「これ見れば、わかるでしょう」

突き出されたのは銀行通帳だった。美千代に指示され、ロンは通帳を開いてみる。そこに記された預金額は、一千万円を超えていた。ロンは通帳を手にしたまま、美千代を見返す。

「これって……」

「金ならあるの。借金苦なんか一度も経験してない。これでもまだ文句ある？」

美千代はパチンコに溺れ、多額の借金を背負い、挙句闇金に手を出した——というのが、梶井から聞かされた顛末だった。しかしどうやら、事実は少し違うらしい。

「このお金は？」

「夫の保険金。七十代の女が普通に生きてたって使い道もないし、たいして減らないの」

「じゃあ、パチンコで借金を作ったっていうのは？」

「本当はパチンコもそんなにやらない。パチンコホールなんかうるさいし、臭いし……でも、借金作ったっていうからにはそれなりの理由が必要でしょう。だからパチンコにハマったことにしたの。ただ話し相手になってほしいから借金する女なんて、里見さんに気味悪がられるかもしれないから」

——そういうことか。

ようやく真相が見えてきた。

「つまり、最初から話す相手が欲しくて闇金から借りたんですね？」

開き直った美千代は「そうよ」と胸を張る。

「たまたま、商店街で立ち話しているのを耳にしたの。トゥルースファイナンスっていうところは、貧乏人にもお金を貸してくれる篤志家で、しかも担当の人が足しげく通って話し相手になってくれるって。一時間でも二時間でも付き合ってくれるっていうから、一度試してみようと思って」

美千代は自らトゥルースファイナンスの番号を調べ、少額融資を申しこんだという。里見は翌日さっそく自宅までやってきた。融資額は五万円で、十日後までに七万円を返済する契約を結んだ。言い換えれば、差し引き二万円を支払えば、里見と会話する権利を買えるということである。

「里見さんはね、毎回きっちり一時間半、私との話に付き合ってくれた。私だって自分の話が面白くないことくらいわかってる。だけど、だからこそ、聞いてくれる相手が欲しいの。ただやることもなく寝て起きて、毎日毎日一人で……それがどれだけ寂しいことかあなたにわかる？」

ロンには答えられなかった。たしかに、美千代の孤独は察するに余りある。

しかしそれでも、闇金の利用を見過ごすことはできない。今はよくても、いずれ金は尽きる。それに今後、病の治療や施設への入居のため大金が必要になる場面があるかもしれない。闇金に浪費するのが健全だとは思えなかった。

「このことは、息子さんは？」

「話したことないから、知らないでしょうね。別に言う必要もないでしょう」

「そうはいきませんよ」

すかさずロンが言うと、美千代は少しだけ怯《ひる》んだ顔をした。

「なんで？ 言ったらどうせ怒られる。闇金なんか信じて、バカなことに金遣ったたって。滅多に顔も見せないくせに偉そうに……」

「息子さんは、美千代さんが心配なんです」

ロンは、イタリア料理店で会った梶井の面持ちを思い出す。意気消沈した梶井はすっかり落ちこみ、食欲も失っていた。母親を思う気持ちがなければ、あそこまで気を落とすことはないのではないか。

「あまり顔を出さない、というのはそうかもしれません。でも、だからって美千代さんを嫌いなわけじゃない。法律事務所に相談してくれたのは、なんとかして美千代さんの生活を立て直したいからです。息子さんを信じて、全部話しましょうよ」

美千代はそっぽを向いていた。不服そうにあさっての方角を見ている。だが、ロンは必ずしも悪い反応だとは思わなかった。不服に思うということは、ロンの言葉がちゃんと響いている証拠だ。

「よければ今度、中華街まで来てください。事務所への相談ついでにおいしいものでも食べましょう。俺、うまい店知ってるんで」

「……好きにしてください」

ロンの誘いを、美千代は否定しなかった。

頑《かたく》なにこちらを向こうとしない美千代の横顔が、少しだけ、良三郎と重なった。


二月の朝は寒い。午前九時、ダウンジャケットを着たロンは、自宅の玄関前で寒風に吹かれて肩をすくめた。

「さむっ」

二階から外階段を使って下りる。店の正面に回り、〈横浜中華街法律事務所〉の扉を開ける。自宅から徒歩二十秒で出勤できるのは、この職場のメリットの一つだ。

「おはようございまーす」

広々としたフロアの片隅に、デスクと書類棚が二つずつ設置されている。デスクは一つが清田のもので、もう一つがロンのものだった。フロアの中央にはパイプ椅子が四脚と、もらいもののローテーブルが一つ。いささかみすぼらしいが、即席の応接セットとしてはこれで十分だ。

「おはよう、小柳くん」

すでに出勤していた清田は、自分のデスクでパソコンを叩いている。いつものように後頭部には寝ぐせがついていた。書類整理をしようとしたロンは、清田がいやに難しい顔をしているのに気付いた。

「なんかあったんすか？」

「いや、この間の梶井さんの件でね」

ロンが天王町にある美千代の家を訪ねてから、二週間が経つ。

あの後、ロンは約束通り美千代に中華街を案内した。梶井と清田と四人で知り合いの店に行き、四川料理を堪能《たんのう》した。最初は固かった美千代の表情も、世間話をするうちにやわらいでいき、去り際には「楽しかったわぁ」と漏らしていた。

梶井によれば、その日以来、美千代は里見への連絡を止《や》めたという。代わりに彼女は七十代男女が集まる食べ歩きサークルに加入した。次はみなとみらいで開催されるとかで、早くもウキウキしているらしい。

清田はメールの文面を見ながらぼやく。

「美千代さんが、中華街のお礼に我々へプレゼントしたいって言ってるらしいんですよ。清田先生は何が欲しいですか、って」

「へえ。親切じゃないですか」

「いやいや。困るんですよ、こういうのは」

清田は口をへの字にしてディスプレイを見ている。

「我々はすでに、法律事務所としての報酬をもらっています。このうえ何かいただくのは望ましくない」

「そんなもんですか」

「報酬はきちんと一線を引くべきです。それが私の信条です」

自分の言葉に納得するように、清田は何度もうなずく。そのたびに寝ぐせがぴょこぴょこと踊った。

「ところで清田先生。いつまでここに居座るつもりですか？」

不意打ちを食らったのか、清田の顔にあからさまな動揺が表れる。

「えっと……それは……」

「三週間の約束、とっくに過ぎてるんですけど」

「……小柳くん」

清田はすかさず、泣き顔でロンの腕にすがる。

「この立地のおかげで新しいお客さんもついてくれたし、ここならなんとか経営も成り立ちそうなんですよぉ。ここを追い出されたら、自宅のアパートで営業するしかなくなっちゃうんですよぉ。お願いですから、もう少しここにいさせてください。バイト代弾みますからぁ」

顧客と相対する時とは打って変わって、情けない声音である。前にも同じようなくだりをやった気がする。

「つまり、ここを出るつもりはないんですね？」

「できれば」

「なら、いいですよ。いてくれて」

清田は弾《はじ》けるような笑顔で「いいんですか！」と言ったが、すぐに怪しむような表情へと変わる。

「……まさか、とんでもない条件をふっかけられるとか？」

「タダでいいです。じいさんにも許可取ったんで。当面、ここで営業していいっすよ」

そう告げると、清田は無邪気に両手を挙げた。

「よかったぁ！　実は内心、ビクビクしてたんです。いつ追い出されるか不安で不安で」

「その割には立派な看板作りましたね」

「既成事実にしてしまえば、小柳くんも断りづらくなるんじゃないかと思って」

さらりと言っているが、なかなかあくどいやり方である。抜けているようで、妙に悪知恵の働く男だ。

ロンが良三郎から許可を取ったのは、昨日のことである。

良三郎は驚異的なスピードで回復していた。リハビリをはじめて数日で、杖をつきながら歩くことができるようになった。すでに元いた病院は出て、リハビリ病院へ転院している。あまりの壮健さに、ロンはもはや呆れていた。

さっさと家に帰って五糧液《ウーリヤンイエ》を飲みたい、と豪語する良三郎に、ロンは現状を告白した。元「翠玉楼」だった場所を、弁護士に貸していること。いつの間にか弁護士がそこで法律事務所を開いていること。ロンもその事務所でアルバイトをはじめ、しかも顧問になってもらったこと。

一部始終を聞き届けた良三郎は、耳の穴をほじりながら言った。

――で、お前はどうしたい？

怒られるとばかり思っていたロンには、予想外の問いだった。その場で考えこんだロンは、胸のうちに浮かんできた答えを口にする。

――俺は、清田先生なら信じていいと思う。

清田の目指すものは、どこかロンと似ている気がした。困っている隣人を放っておけないのは、きっと二人とも同じだ。だから、どうしても赤の他人とは思えない。良三郎は、ふん、と鼻から息を吐いた。

――だったら好きにしろ。お前が料理人にならないなら、空けておいても意味がない。使いたいように使え。

あっけないほどすんなりと、良三郎の許可は得られた。

夢でも見ているような気分で帰路についたロンだが、じっくりと考えるにつれて、良三郎の気持ちがおぼろげながらわかってきた。良三郎にとっては「翠玉楼」の再興こそが最大の願いだ。その願いが叶《かな》わないのならば、端《はな》から興味はないということなのだろう。少し寂しい気もしたが、そう考えれば合点がいく。

だが、その話を聞いたヒナは違う意見だった。

――良三郎さんは、ロンちゃんを就職させたいんじゃないの？

――どこに？

――そりゃあ、横浜中華街法律事務所に。ふらふら警備員のアルバイトを続けるより、法律事務所で事務の仕事やってるほうが安心なんじゃない。しかも家の一階なら、監視の目も届くし。

ヒナの意見にも一理ある。というより、それが事実のように思えてくる。いずれにせよ、良三郎の許可は取れた。

その日の清田は上機嫌で、鼻歌まじりに作業をこなしていた。五分に一度は「小柳くん、ありがとうございます」と言ってくるのがやや鬱陶しいが、今日だけだろうと思って我慢することにした。

昼前、約束していた客人が事務所に現れた。

「久しぶりだな」

「元気でしたか、カンさん」

無精ひげを生やした上林が、にやりと笑った。茶色いブルゾンに色落ちしたジーンズという、いつもの出で立ちである。

「おかげさまでな。仕事まで世話してもらったら、頑張らないわけにいかないだろ。山田課長がルールにうるさいのは参るけど」

「カンさんがルーズなんじゃないですか？」

応接セットで軽口を叩いていると、デスクにいた清田がやってきた。

「上林さん。ようやく、免責許可決定が出ましたよ」

清田は印刷した書面を上林に見せた。「官報」というものらしい。

自己破産の手続きは、清田の手伝いをするなかでロンも大まかにだが覚えていた。

上林の場合は「同時廃止」という手続きである。この場合、弁護士を通じて裁判所に自己破産の申し立てを行い、破産手続の開始が決定されると、当人と弁護士が裁判官と面接をする。これは「免責審尋」と呼ばれる。

上林はすでに免責審尋を終え、免責許可が出るのを待っている状況だった。

「……これが出たってことは、もう手続きは終わりですか？」

尋ねた上林に、清田は「いえ」と答える。

「およそ二週間以内に債権者から不服申し立てがなければ、免責確定です」

「あの、不服だと言われる可能性はあるんでしょうか？」

「今回のケースでは、まずないでしょうね」

こわばっていた上林の顔が、安堵でほぐれた。

「よかった。なら、もうすぐ終わるんですね」

「あと一息ですよ」

「よかった……本当によかった……」

上林は両手で顔を覆った。指の隙間《すきま》から嗚咽《おえつ》が漏れる。ロンは上林の肩を揺らす。

「ちょっと、カンさん。まだ終わってないって」

「そうだけどさ。俺、二度も自殺未遂やらかしたんだよ。本気で死のうと思ってたんだよ。それが、ここまで来れて……もちろん、ロンやマツオもそうだけどさ……自己破産を勧めてくれた清田先生のおかげだよ」

立ち上がった上林は、泣きながら深々と頭を下げた。

「清田先生は最高の弁護士です。本当に、ありがとうございます」

清田は微笑しながら、その姿を見守っていた。

やはり、清田大助は不思議な男だ。ボスや同僚たちからは疎まれ、顧客からは泣いて感謝される。ある意味では最低の弁護士であり、ある意味では最高の弁護士。ただし、ロンにとっての清田が何者なのかは、考えるまでもなかった。

繰り返し頭を下げる上林を見ながら、ロンはぼんやりと思う。

――たぶん、俺の選択は間違ってない。

穏やかに微笑《ほほえ》む清田の横顔を見ているうち、いつしか、ロンの頬も緩んでいた。

3．抜け穴と落とし穴

大麻をやろう、とはっきりと決めたことはない。最初はなんとなくだった。勧められて、まあスカッとするなら、ってノリだ。

学生寮の隣の部屋には、ヤマシタさんという一年上の先輩が住んでいる。俺《おれ》が住んでいるのは寮といってもマンションみたいな感じで、各々に個室が与えられている。寮生と顔を合わせるのは食堂か共有の風呂場《ふろば》、あとは廊下ですれ違うタイミングくらいだ。

だからヤマシタさんとも最初から仲がいいわけじゃなかった。寮に入ってすぐ、近くの部屋の人たちに挨拶《あいさつ》回りをした時、顔と名前を知った。長髪に黒いキャップをかぶっているのが特徴だ。それからしばらくは、すれ違う時に会釈するくらいの関係だった。

一気に距離が縮まったのは、ヤマシタさんが大麻を吸っているところを見てからだ。

うちの寮には各部屋に小さいベランダがついていて、みんな洗濯物を干したり、ちょっとした物置きにしたりしている。二年の冬、俺が洗濯物を干していると、ヤマシタさんの部屋のベランダから煙が流れてきた。俺はタバコを吸わないから、勘弁してくれよ、って内心思った。服に煙の臭《にお》いがついたら最悪だ。

隣のベランダとの間には仕切り板がある。俺はこっそり身を乗り出して、仕切り板の向こう側を覗《のぞ》いた。

隣室のベランダでは、ヤマシタさんが折りたたみ椅子《いす》に座ってタバコを吸っていた。とろんとした目で宙を見つめ、ぽっかりと空いた口から白い煙が立ち上っている。よく見れば、手にしているのはガラス製のパイプだった。スプーンに似た形をしている。

その時点でピンときた。

――あれ、大麻じゃないか？

そう考えると、煙の臭いもタバコとは違う気がしてきた。ちょっと甘くて、青臭い感じがする。雑草を焼却炉《しょうきゃくろ》に突っこんだ時と似ていた。

じろじろ観察していると、視線に気づいたのか、ヤマシタさんがいきなりこっちを振り向いた。思いっきり目が合い、ひえっ、と声が出た。慌てて仕切り板に身を潜めたが、とっくにバレていた。

「ねえ、太田《おおた》くん」

隣のベランダからヤマシタさんの声がする。

「こっちおいで。いいもの見せてあげるよ。怖くないから」

俺はしゃがみこんで、自分の身体《からだ》を抱きながら必死で考えた。どうしよう。普通に考えれば無視したほうがいい。俺は普通の大学生だ。普通に授業に出て、バイトしているだけ。大麻なんかに興味はない。

でも、ヤマシタさんの声はしつこかった。

「早くおいでよ。来ないの？　来ないんだったら、こっちから行くけど」

黙っていると、本当に部屋のインターホンが鳴った。ドアスコープから外を見ると、ヤマシタさんが立っていた。指の間に挟んだパイプからは煙が出ている。

俺は仕方なくドアを開けた。早く去ってほしかったから。ビニール袋をさげたヤマシタさんは、にやにやしながら部屋に入ってきた。

「これ、何かわかる？」

「さあ」

「大麻だよ、大麻。気分いいよ」

ワンルームの部屋に上がりこんだヤマシタさんは、勝手にクッションの上にあぐらをかいた。

「太田くん、なんでこっち見てたの？」

「いや……洗濯物に煙の臭いがついたら、あれなんで」

「ああ、そうだよね。ごめんごめん。いつもは部屋で吸うんだけど、晴れてて気持ちよかったから、つい外でね」

そう話している間も、ぷはあ、とヤマシタさんは煙を吐く。俺の部屋に臭いが残るのは勘弁してほしかった。

「すみません。ここで吸うの、やめてもらえますか」

「ん？　悪いね、これ吸い終わったら帰るから」

何を言っても、ヤマシタさんはへらへらと受け流していた。気味が悪い。そのうち、ヤマシタさんはビニール袋から別のパイプを取り出した。

「吸ってみる？」

「いいです」

「タバコは吸う？」

「吸いません。本当にいいんで」

俺はうんざりしていた。さっさと帰ってほしかったけれど、ヤマシタさんは居座り続けた。俺が吸うと言うまで帰らない気配を感じた。

「じゃあさ、グミは？」

「グミ？」

「これ。見てみな」

次にヤマシタさんが取り出したのは、安っぽい包装のプラスチックボトルだった。開けてみると、白い楕円《だえん》形のグミが十粒ほど入っていた。

「なんですか、これ」

「大麻グミ。といっても合法だけどね」

「合法の大麻なんてないでしょ」

吐き捨てると、ヤマシタさんがにやりと笑った。

「太田くん、学部は？」

「理工学部ですけど」

「なら、話が早い。法律で禁じられている大麻の〈成分〉っていうのがあるんだよ。テトラヒドロカンナビノールっていうんだけど。面白いのが、ちょっとだけ化学構造を変えた別の成分なら、取り締まられないってこと」

「本当ですか」

「嘘《うそ》だと思うなら調べてみなよ。この大麻グミに入ってるのは、テトラヒドロカンナビノールの類似化合物なんだ。だから大麻と同じような効果があるにもかかわらず、法律で取り締まられていないってわけ」

一応、話の筋は通っている気がする。ヤマシタさんはさらに畳みかける。

「タバコの経験がないなら、パイプはためらうかもしれない。でも、これはグミだよ。ただ食べるだけ。それでストレスがぱーっと飛んでいっちゃうんだから。最初はタダでいいから、食べてみなって。一個じゃなくて半分にしといてね」

そう言われても、食べる気にはなれない。抵抗感が薄れるのはたしかだが、危険なものであることは間違いないのだ。

「大丈夫だって。覚醒剤とかコカインとは全然違うから。依存性は低いし、身体への悪影響もない。アメリカではどんどん合法化されてるって、聞いたことない？　カナダでも合法だし。ヨーロッパでも十代から普通に吸ってる」

「いや、でも……」

「寮生から聞いたんだけどさ、太田くん、留年しそうなんだって？」

急な話題転換に、つい「えっ？」と動揺丸出しで答えてしまった。ヤマシタさんは内心を見通すような、いやらしい笑みを浮かべた。

「結構噂《うわさ》になってるよ。太田くんの実家、あんまり余裕ないらしいね。それで学費のためにバイト頑張ってるけど、そのせいで勉強の時間が全然取れないって……あ、勘違いしないでほしいんだけど、バカにしようとか思ってないよ。ただ、ストレスが溜《た》まってるんじゃないかなー、って」

恥ずかしさで顔が熱くなる。そのことは、仲のいい少数の友達にしか話していないはずだ。さらにヤマシタさんは声をひそめる。

「ここだけの話、寮生はみんなやってるよ」

「本当ですか」

「本当、本当。だって俺がはじめたの、二階に住んでる杉本《すぎもと》くんに教えてもらったからだよ。あと、院生の荻野《おぎの》さんも。もう三年くらいやってるらしいよ。他にも……」

ヤマシタさんは次々に寮生の名前を挙げていく。俺は愕然《がくぜん》とした。誰《だれ》もそんなそぶり、まったく見せていないのに。大麻って、そこまでヤバいものじゃないのか。酒やタバコと変わらないものなのか。

「言ったでしょ？　依存性も身体への悪影響もないんだって。変な先入観に振り回されずに、さっさと味方につけたほうが賢いと思うよ。じゃないと乗り遅れると思う。みんなやってるんだから」

俺はボトルからグミを一粒、手のひらの上に出してみた。どれだけ見つめてもごく普通のお菓子にしか見えない。

「……グミなら、合法なんですよね？」

「うん。絶対、合法」

ヤマシタさんは力強くうなずいた。

絶対、合法。その一言は、躊躇《ちゅうちょ》する自分への言い訳として、最も効果的だった。そもそも合法なのだから、やらない理由がない。

ストレスにまみれているのは、間違いなかった。バイトを掛け持ちしているせいで、心も身体も常にクタクタだった。おまけにバイトのせいで留年しかけているんだから、本末転倒だ。実家は仕送りをくれるどころか、俺に送金するよう求めてくる。友達は少ないし恋人もいない。

このストレスが軽くなるなら、少しくらいはアリかもしれない。

一粒を半分にちぎり、意を決して口に入れてみる。咀嚼《そしゃく》して飲み下した。しばらくは何も起こらなかったが、「効果出るまで少し時間かかるから」と言われた。ヤマシタさんは延々とパイプを吸っている。

やがて急な空腹感に襲われた。家にあったクッキーを無言でボリボリ食べていると、ヤマシタさんは「マンチが来たか」と言った。そのうち、急にテンションが高くなってきた。心も身体も軽くて、なんでもできる感じがして、やる気がみなぎってきた。今なら、バイト明けそのまま徹夜で勉強できそうだ。

「なんか、元気になってきました」

「おう。メシ食ってこいよ。今食ったらうまいぞ」

勧められるまま、財布を持って近所のファミレスに飛びこんだ。パスタとカレーとケーキを注文して、一気に食った。どれも普段より数倍おいしい。店内のBGMや客の話し声がやたらうるさかったけど、それよりも、あまりにも食事がうまいことに感動していた。ストレスはどこかに吹き飛んでしまった。

——最高だ。

ハイになるって、こういうことなのか。こんなにも気分がいいとは思わなかった。これがあれば、バイトをいくら掛け持ちしても絶対に留年なんかしない。部屋に戻ると、ヤマシタさんはいなくなっていた。

　グミを食べてから四時間ぐらいはキマっていた。効果が切れると、吐き気がして身体が重くなった。でも、それだけだ。多少気持ち悪くなるだけなら、たいしたデメリットではない。二日酔いと同じだ。

　翌日、隣室を訪ねてグミをねだった。ヤマシタさんはボトルごとくれた。

「十粒入って一万円。出せる？」

　迷わず一万円札を渡した。

　それからは、大麻グミにどっぷりとハマった。毎日使うと耐性ができると聞いて、二日に一度にセーブした。最初はヤマシタさんから買っていたけど、ＳＮＳで売り手を見つけて個人的に買うようになった。ヤマシタさんが言っていた通り、寮生には大麻常習者《ストーナー》がたくさんいて、どの買い手がいいか情報交換するようになった。おすすめのジョイントも教えてもらったけど、煙はどうにも好きになれなかった。結局、手軽さを考えても大麻グミが俺には一番合う。

　俺は無事、留年を免れた。バイトのシフトを増やしたおかげで、収入も増えた。大麻グミをはじめてからいいことづくめだった。次第に、気の合いそうな寮生には勧めるようになった。「みんなやってるよ」と言うと、たいていは落ちた。

大麻成分の勉強もした。もともと化学の知識があったおかげで、概要を理解するのに時間はかからなかった。

俺は別に、他人の人生をめちゃくちゃにしたいわけじゃない。むしろこれは善意だ。だって、月に一万使うだけで人生が好転するんだから、こんなにすばらしいものはない。俺は、みんなにいい人生を送ってほしい。だから大麻グミを普及させる。

初めて大麻グミを食べてから一年が経《た》った。自信をもって言えるが、大麻に手を出したことに後悔はまったくない。これからも、俺の人生は大麻とともにある。それだけは間違いなかった。

＊

「マジかよ」

午後三時の横浜駅西口は、一面の雪景色だった。横殴りの風が吹き、赤ん坊の握りこぶしくらい大きな雪玉が飛んでくる。ロンはしばし呆然《ぼうぜん》とたたずんでいたが、風の冷たさに首をすくめ、駅構内へと引き返した。

今日は清田弁護士のお使いで、小田原まで出かけていた。どうしても今日中に必要な書類があるとかで、依頼者から直接その書類を受け取るのがロンの役目だった。予定通りJR小田原駅の改札前で書類を手渡されたロンは、すぐに上りの東海道線に乗った。横浜駅で根岸線に乗り換え、最寄りの石川町で降りるのがいつものルートだ。

だが、今日は少々事情が違った。

二月下旬の今日、天気予報で「雪が降るかもしれない」とは聞いていた。その割には昼を過ぎても降っていなかったため、事務所を出たロンは楽観視していた。この分なら、降る前に帰れるだろう、と。

しかし小田原駅のホームで電車を待っている辺りから、白いかけらが視界をちらつきはじめた。観光客らしき一行ははしゃいでいたが、ロンの胸のうちにはかすかな不安がよぎった。

――まさか、電車止まらないよな。

ロンのいやな予感は、たいてい的中する。

小田原から横浜までの一時間で、雪は絶えず降り続けた。最初は小さな粒だった雪の破片は、すぐに大きな礫《つぶて》に変わった。おまけに風まで強くなっている。雪が斜めに降るのを車窓越しに見ながら、ロンは憂鬱《ゆううつ》な気分になっていた。

東海道線の電車は、なんとか横浜駅までたどりついた。だが、乗り換えのために根岸線のホームへ行ってみると、そこは行き場を失った人々であふれていた。ホーム上には駅員のアナウンスが流れている。

「大雪の影響で、現在、京浜東北線・根岸線は上下ともに運転を見合わせており……」

——最悪だ。

改札を抜け、他の路線の運行状況を調べてみたが、みなとみらい線も地下鉄ブルーラインも運休だった。雪や風だけでなく、一部路線では倒木も起こったらしい。こんなことは初めてだった。

ロンはひとまず、事務所で書類が来るのを待っている清田に連絡を入れた。事務所に戻れるのがいつになるかわからない、と告げると、清田は思いのほか軽い口調で応じた。

「大丈夫ですよ。受け取った書類は写真を撮ってメールで送ってくれれば、今日のところはなんとかなるので」

「はあ。そうですか」

「急がず、落ち着いて帰ってください」

通話を終えてすぐ、指示された通りに書類を撮って送信した。各路線はいまだ復旧していない。

「……さて」

これからどうするか。タクシーで帰るほどの金はないし、そもそも利用者が殺到しているため車は出払っていた。横浜市営バスはダイヤの乱れが発生していて、長蛇の列だ。急いで帰る理由もない。カフェかどこかで時間をつぶして帰ることに決めた。幸い、ここは横浜駅だ。飲食店には事欠かない。

というのは、いささか考えが甘かった。

考えることはみんな同じらしく、駅構内のカフェやファストフード店はどこも満席だった。ホテルラウンジなら空《す》いているかもしれないが、コーヒー一杯に千円出す財力はロンにはない。とりあえず西口を出て店を探そうかと思ったが、屋外はとんでもない吹雪である。諦《あきら》めて、駅へと引き返した。

——どーする、これ……

ロンは混雑した駅のなかをとぼとぼと歩きながら、途方に暮れた。ひとまず書店にでも行こうと階段を下りている最中、誰かと肩がぶつかった。相手は長髪に黒いキャップをかぶった男で、舌打ちしてすぐに去っていく。

ロンの足元で、固いものが落ちる音がした。見てみればプラスチックボトルである。おそらく、さっきの男が落としたものだろう。階段を転げ落ちていこうとするそれを拾い上げ、慌てて背中に声をかける。

「なんか落としたよ」

しかし相手は気付く様子もなく、人混みのなかに消えてしまった。

「おいおい、待てって」

ボトルを手に追いかけるが、完全に見失ってしまった。大雪のせいで、構内はいつにもまして利用客で混み合っている。このなかからさっきの男を探し出すのは、至難の業であった。

ロンは改めて手のなかのボトルを観察する。ガムか何かが入っていそうなボトルだった。蓋《ふた》を開けてみると、白いグミが十粒ほど入っている。貴重品ならともかく、ただのお菓子なら警察に届けるほどでもない。

ゴミ箱に捨てようとしたが、勝手に捨てるのもなんとなく後味が悪い。もしかしたら取りに来るかもしれない、と思い直し、元いた階段の途中に戻った。

ただ立って待つのもヒマである。退屈しのぎにボトルのパッケージを眺めた。よく見ると、目立たないところに〈カンナビノイド〉という言葉が記されていた。どこかで聞いたことがある。スマホで調べてみると、すぐに答えはわかった。

「大麻じゃん」

ロンはもう一度パッケージを見る。やはり〈カンナビノイド〉と記されている。

——待て、待て。

試しに〈大麻　グミ〉というワードで検索してみると、ヒットするページがわんさかと出てきた。なかには合法をうたっているものもあるが、にわかには信じられない。

いずれにせよ、このグミが怪しいのは間違いない。とりあえず警察に持っていこう、と決めた時だった。

「それ、俺のだよな」

目の前に黒いキャップの長髪男が立っていた。ここまで走ってきたのか、息を切らしている。男の視線は、ロンの手のなかのボトルに注がれていた。

「人のもん盗んでるんじゃねえよ」

「はあ？」

階段の途中で、ロンと男はしばしにらみ合った。男は派手に舌打ちをして、右手のひらを差し出す。

「なんでもいいから、返せよ。勝手に食ったりしてないよな？」

ロンは反応せず、相手をにらみ続ける。男は苛立《いらだ》たしげに「おい」と言う。

「さっさと返せって」

「いやだ」

「ふざけんなよ、お前」

その焦りようから、このグミが後ろめたいもので間違いないとわかった。

「これ、大麻入ってるんだろ」

途端に男の顔色が変わった。

「は？　うるせえよ」

「やっぱり図星か。警察に持っていくから」

「返せって！」

男が手を伸ばし、強引にボトルをつかんで引きはがそうとする。ロンは抱きかかえて抵抗した。揉《も》み合いになり、そのまま二人は階段を転げ落ちた。近くにいた通行人から悲鳴が上がる。

「いった……」

ロンは肩や膝《ひざ》を打ったが、軽い打撲で済んだ。ボトルは手のなかにしっかり握っている。一方、相手の男は打ちどころがよくなかったのか、倒れたまま頭を抱えている。ロンは「大丈夫か」と肩を揺らしたが、応答はない。

通り過ぎる人は多いが、誰も立ち止まってはくれない。救急車でも呼ぶべきか。迷うロンの背後から、誰かが声をかけた。

「何やってるんですか、ヤマシタさん」

振り返ると、セルフレームのメガネをかけた若い男がいた。ロンと同じくらいの年齢で、いかにも堅物そうな風貌《ふうぼう》をしている。ヤマシタさん、と言われた長髪の男は、倒れたまま目を見開いた。

「太田くん」

ロンはすかさず、太田と呼ばれた若い男に問いかける。

「知り合いですか？」

「はい。同じ寮に住んでます」

太田はヤマシタの横にしゃがみこみ、声をかける。

「立てますか？　ここで寝てるのも目立つんで」

声かけに応じて、ヤマシタはのろのろと起き上がる。ひとまず無事だったことにロンは安堵した。

「平気なのか？　病院とか行ったほうが……」

「いいから、グミ返せよ」

ヤマシタは憎々しげに同じ言葉を繰り返す。ロンが呆《あき》れていると、横から太田が「グミってなんですか？」と言った。ちょうどいい。太田にも大麻グミのことを知ってもらって、一緒にヤマシタを警察へ連れて行こう。そう考えたロンは、これ見よがしにボトルを掲げてみせた。

「この人が落としたんだけど。大麻が入ってるグミらしくて。ヤバいでしょ？」

「ああ。それなら、俺も使ってますよ」

「……使ってる？」

きょとんとしたロンに、太田は平然と言い放つ。

「はい。だってそれ、合法ですから」

雪の勢いはさらに強くなっている。しかし運休直後に比べて、横浜駅構内の人出は少なくなっていた。一時間経っても復旧の目処《めど》が立たないため、多くの利用客が電車を待つのをやめ、タクシーやバスを選んだからだ。

ロンと太田、ヤマシタは、ファストフード店のテーブル席に腰を下ろした。太田が「なぜ合法なのか説明してあげますよ」と言い出したためだ。ヤマシタは不服そうだったが、まだ身体が痛むせいか、強くは反対しなかった。

「……で、どういう理屈？」

ロンは向かいの席に座る太田に説明を求めた。大麻グミはいまだロンが持っている。渡した瞬間、相手が逃げるかもしれない。

「一口に大麻と言っても成分は色々です」

紙カップに入ったジンジャーエールを飲みながら、太田は落ちついた口ぶりで語る。その横で、ヤマシタはふてくされたようにポテトを食べていた。

「現在、大麻取締法で禁じられているのはテトラヒドロカンナビノール、通称ＴＨＣという成分です。また、ＴＨＣとよく似た構造を持っているＴＨＣＯやＴＨＣＨも、指定薬物として取り締まられています。これらはＴＨＣをモデルとして科学的に合成された成分で、合成カンナビノイドと呼ばれています。つまり、大麻には本来含まれていない成分なのです」

「へえ」

ロンは素直に感心する。そんなものがこの世にあること自体、知らなかった。

「なんでそんなもん、合成するんだ？」

「決まってるじゃないですか。法規制をかいくぐるためですよ」

太田は穏やかに微笑する。

「日本の薬物対策は抜け穴だらけです。指定薬物となるのは特定の構造を持った化合物だけ。だからほんの少し構造を変えてやれば、合法になってしまう。取り締まっても、また別の箇所をいじればいい。そういういたちごっこが延々と続いているんです」

「よく知ってるな、そんなこと」

「勉強しましたから。俺は何も考えずに大麻を吸っている人とは違うんです。ちゃんと調べたうえで、自分の行為が合法だと確信を持っています。能天気に葉っぱを煙で吸っているような人は、いつか捕まるかもしれませんが」

隣でポテトをむしゃむしゃ食べているヤマシタを、太田は一瞥《いちべつ》した。その視線には、心なしか軽蔑《けいべつ》の色が混ざっている。

「じゃあ、このグミに入ってる成分も合法ってこと？」

ロンはプラスチックボトルから手を放さず、テーブルの上に置いた。太田は自信ありげに「もちろんです」とうなずく。

「このグミに入っているのは、合法な成分だけです」

「素朴な疑問なんだけど。それでも、大麻と同じような効果が得られんのか？」

「成分によって差はありますけど、十分、望んでいるような効果はありますよ。少量でもブリブリになるし、マンチもあるし。ヘッドハイもばっちり」

ロンには何を言っているのかわからないが、とにかく大麻に類した効果はあるらしい。

今度は隣の男に視線を向けた。

「ヤマシタさんだっけ？」

「あん？」

ヤマシタは敵意を剝《む》き出しにして、ロンをにらむ。

「ヤマシタさんは、どこでこのグミ手に入れたの」

「太田くんから買った」

なぜだか、太田は得意げに「そうなんです」と応じた。

「実は、俺が大麻グミをはじめたきっかけはヤマシタさんなんです。最初は俺がヤマシタさんから買ってたんですけど、いつの間にか俺のほうが詳しくなっちゃって、逆に売るようになりました」

「めちゃくちゃ詳しいんだよ、太田くん。初めてキメてから一年とは思えない。売人の才能あるんじゃないの？」

「やめてくださいよ。俺、売人じゃないです。だって違法じゃないんですから」

太田は低い声で笑った。

ロンはこの不敵な男に、どう対処すべきか迷った。まずは太田の発言が正しいのかどうか、確認したい。本当なら「顧問」の清田を呼びたいところだが、あいにく大雪で電車は止まっている。さっき電話をしてみたが、忙しいのかつながらなかった。捜査一課の欽ちゃんに訊《き》いてもいいが、専門外だろう。

腕組みをして考えこむロンを前に、太田は「そういうことなんで」と立ち上がる。

「それ、ヤマシタさんに返してもらってもいいですか？」

「ちょっと待ってくれ」

あからさまに太田が顔をしかめた。

「まだ何か？」

「合法だって自信があるなら、一緒に警察に行ってもいいよな？　西口の前に派出所あるから、今からそこに行こう」

苦しまぎれの発言だった。普通に考えて、こんな提案に乗ってくるわけがない。案の定、太田は鼻で笑った。

「行って、俺らにメリットあるんですか？」

「ある」

言いながら、ロンは必死で考えていた。

「へえ。どんなメリットですか？」

「もしそっちが本当に合法なら、派出所の前で、全裸で土下座する」

言ってから激しく後悔する。

この吹雪のなか、全裸で土下座するなんて正気じゃない。寒いし、身体のどこかが凍傷になってもおかしくない……いやいや、そういう問題じゃない。裸になった時点で普通に犯罪だ。捕まる前に、きっと野次馬に写真を撮られまくる。

撤回しようとしたが、それより先に太田が口を開いた。

「足りないですね」

太田は温度のない目をしていた。

「土下座したからって何になるんですか？　実益がないと、俺は動きませんよ」

「実益ってなんだよ」

「こうしましょう。全裸で土下座した後に、この大麻グミを食べる」

すぐに横からヤマシタが抗議した。

「それは俺の……」

「一粒くらい、いいでしょ？　仲間が増えるんだから」

ぞっとするような冷たい目で、太田はロンを見た。

おそらく、太田の公算はこうだ。大麻に不信感を抱いているロンも、大麻グミを食べればその魅力の虜《とりこ》になる。かつての自分のように。そして、大麻グミを求めるロンはたちまち太田の顧客になる……

――バカか、こいつ。

ロンは内心で一蹴《いっしゅう》しつつ、腹の底から湧《わ》き上がる恐怖を無視できなかった。合成カンナビノイドとやらを摂取したら、身体はどうなってしまうのか。もしかしたら、自分でもコントロールできない領域に足を踏み入れてしまうのではないか。

しかし。

その条件を呑《の》めば、太田とヤマシタを派出所へ連れていける。代わりの条件なんて思いつかないのだから、いっそ、一発逆転の可能性に賭《か》けたほうがいい。捨て身でいかないと、この連中を警察に突き出せない。

だが、勝てる確率は本当にあるのか？

「ねえ、やるんですかぁ？　やらないんですかぁ？　どっち？」

太田は顔を近づけ、煽《あお》ってくる。うっすら笑っているのが腹立たしい。その表情を見ているうち、ロンのなかで何かが切れた。

「やるよ。やるに決まってんだろ」

——言っちゃったよ。

トラブルに遭遇するたび、ロンを救ってきたのは後先考えない無謀さだった。だが今度ばかりは、さすがにその無謀さを呪《のろ》った。

「いいですね！」

太田は目を剝いて笑っていた。ヤマシタは「言ったな！」と大声で叫んでいる。二人とも提案に乗る気になったらしい。

「バカですね。さっきあれだけ丁寧に説明してあげたのに……そうと決まれば、さっさと警察に行きましょう」

「素っ裸で土下座だぞ、忘れんなよ」

二人は意気揚々と店を出て行く。ロンは暗い顔でその後をついていった。これでは、どちらが警察に突き出される側かわからない。ロンはダウンジャケットのポケットにグミの入ったボトルを突っこんだ。

太田が途中で立ち止まり、振り返った。

「逃げたら困るんで、身分証明書見せてください」

ロンは仕方なく、健康保険証を見せた。太田はしげしげと見つめながら「小柳さんね」とつぶやいた。

さっきの太田の説明が事実なら、大麻グミに含まれる成分は取り締まりの対象外ということになる。つまり彼らはシロということだ。しかし、見るからに違法スレスレの行為を警察があっさり見逃すものだろうか。ロンにはクロとしか思えない。シロか、クロか。もしシロならば、ロンには雪中全裸土下座と大麻グミの実食が待っている。想像するだけで、二つの意味で寒気がした。

——頼むからクロであってくれ。

もはや、心のなかで祈ることしかできなかった。

横浜駅西口の警備派出所は、雪にまみれていた。

いつもなら派出所の周囲には人待ち顔の男女が集まっているのだが、さすがに今日は誰もいない。雪は褐色の外壁に貼《は》りつき、辺りに積もっている。笛の音のような風切り音が響いていた。

派出所はあと数歩の距離まで近づいている。先頭を歩いていた太田は、振り返ると「あれ？」と言った。

「ヤマシタさんは？」

ロンもつられて振り返る。一番後ろを歩いていたはずのヤマシタが、いつの間にか消えていた。太田はため息を吐《つ》く。

「ま、しょうがないか。あの人は普通に葉っぱ吸ってるし、尿検査されたら一発だから。

今更それを思い出したんでしょうね」

ふと、ロンの頭の片隅に弱腰な思いがよぎる。太田しかいない今なら、逃げられるかもしれない――だが、すでにロンは太田がクロである可能性にベットしている。この男を警察に突き出すにはその手しかない。

太田は派出所の建物の前に立って、顎《あご》でドアを示した。

「お願いします」

そっちが開けろ、という意味らしい。ロンは言われるがまま冷たいドアを開けた。

二人を迎え入れたのは、五十代と思《おぼ》しきベテランの警官だった。ロンはプラスチックボトルをデスクに置いて、申し出る。

「あのう。この人、大麻グミの売り買いやってるらしいんですけど」

「大麻ぁ？」

警官がすっとんきょうな声を上げた。それでも太田の表情には余裕が漂っている。

「お巡りさん、勘違いなんです。パッケージをよく見てください。大麻グミという通称ですけど、入っている成分は指定薬物ではなくて……」

流れるような太田の解説を、警官は黙って聞いている。その間、ロンは気が気ではなかった。この警官が「合法だ」と言えば、その瞬間にロンはこのグミを食べる羽目になる。大麻愛好家になるつもりはさらさらない。だが、名前も住所も教えてしまった。賭けに負けたら逃げきれない。

一通り解説が終わると、警察官は「ふーん」と言った。

「あんたが言ってる成分って、これ？」

警察官の人差し指は、パッケージの小さな文字を指さしている。

「そうそう。それです」

「ちょっと待ってて。確認するから」

言い残すと、警察官は派出所の奥へ去っていった。ロンの隣で、太田は勝ち誇った笑みを浮かべている。

「今からベルト外しておいてもいいですよ」

「……まだわからない」

「安心してください。一度キマったら、手放せなくなりますから」

じきに警官が戻ってきた。後ろには、さっきいなかった若い警官も従えている。太田は期待のこもった目で彼らを見つめた。

「わかってもらえましたか？」

「うん、わかった。これ、指定薬物だよ」

一瞬、時が止まった。

「……え？」

「指定薬物。違法なの、これ。詳しい話、聞かせてくれる?」

さっきまで自信に満ちていた太田の顔が、見る間に凍りついた。

「嘘つけ!」

「これ見て」

食ってかかる太田の眼前に、警察官は書面を突き付けた。ロンは横から盗み見るが、太田が覆いかぶさっているせいで文面はほとんど見えない。確認できたのは「厚生労働省」という言葉だけだった。

書面を読んだ太田は、首をひねっている。

「なあ、どういうこと?」

耐えかねたロンの問いを無視して、太田は警察官に食ってかかる。

「これがなんだっていうんですか」

「まだわかんない? このグミに入っている成分は〈包括指定〉の範疇《はんちゅう》なの。大麻とよく似た構造の成分は、次から次へと開発される。キリがないから、厚労省は特定の指定薬物だけじゃなくて、それと類似の化合物も全部〈包括指定〉ってことにして取り締まってるわけ」

おぼろげながら、ロンは事態を理解しはじめた。どうやら太田の話していた前提が、いつの間にか覆されていたらしい。かつては特定の成分さえ入っていなければ合法だったのかもしれないが、今は〈包括指定〉で、それと似た成分までカバーされているようだ。

――日本の薬物対策は抜け穴だらけです。

余裕の表情で語っていた太田が、今となっては哀れだった。

「ちょっと勉強すれば、すぐわかると思うけどね」

警察官は呆れ果てた表情で見やる。バカにされたと思ったのか、太田はいきり立った。

「デタラメだ！　そんなの聞いたことがない！」

「バカ言わないでよ。厚労省のサイトにも公表されてるよ。それも一か月前に。自分が知らないことを人のせいにしないでほしいね」

太田は何か言おうとして、口をパクパク開閉させた。顔は真っ赤だ。警察官はデスクに肘《ひじ》をつき、「あんた、やっちゃったねぇ」と言う。

「たまにいるんだよね、付け焼き刃の知識で合法とか脱法とか自称しちゃう人が。自分ではしっかり勉強しているつもりでも、ネットのまとめ記事を読んだ程度でしょ？」

「…………」

「指定薬物の情報って頻繁に更新されてるわけ。当然、警察は常に最新情報をキャッチアップしてるよ。でも所詮《しょせん》、素人ではそこまでできない。毎月厚労省のホームページ見てる？　関係機関に知り合いいる？　半年前に得た知識で語ってない？　まあ、こうして自首しに来てくれたんだから、こっちは助かるけど」

おもむろに、控えていた若い警察官が動いた。怯《おび》えた太田が立ち上がり、デスク上のボトルをつかんで後ずさる。

「来るなよ！」

「大人しくしとけ」

「来るなって！　アホ！　低能！」

太田は思いついた悪態を片端から口にしているようだった。もはや小学生と変わらないレベルである。ロンはさっきまで挑発されていたことも忘れて、憐《あわ》れみを覚えた。

追い詰められた太田は、ドアを開けて外へ逃げようとする。しかし一歩外に踏み出して雪で滑り、派手に転んだ。ボトルが手から離れ、蓋が開き、白いグミが辺りに飛び散る。

「あっ！」

太田はすぐさま立ち上がり、雪上に飛び散ったグミを探しはじめた。汚れるのも構わず地面に這《は》いつくばり、血眼《ちまなこ》で雪をかき分ける。通行人がざわつきはじめたが、太田は気にするそぶりもない。

「どこだ！　どこだ！」

白いグミは積もった雪とすっかり同化していた。遠目には見分けがつかない。見かねたロンが制止する。

「いいから。もうやめろって」

「放せ！　食べなきゃもったいない！」

太田は手当たり次第に雪をつかみ、口のなかに放《ほう》りこみはじめた。野次馬がスマホを太田に向け、動画を撮影している。「やばっ」とささやき合っているのが聞こえた。警察官は太田を強引に地面から引き離し、派出所のなかへ連れて行った。

ロンは賭けに勝った。ただし、その結果が偶然に過ぎないことは、ロン自身がよく理解していた。何かが違えば、這いつくばってグミを食べていたのは自分だったかもしれない。その光景を想像するだけで、ぞっとした。

「そんなもんだ、自称ドラッグの専門家なんて」

鳥の巣頭の欽ちゃんは、甘そうなフラペチーノを飲みながら苦い顔を作る。

「そういう連中は仕入れルートには多少詳しいかもしれない。でも当局の方針とか、警察の捜査状況にはあんまり関心ないんだよな。鼻が利くやつもいるけど、そういう人間はたいてい表には出てこない。末端の売人や愛好家が、きっちり合法非合法を判断できるとは思えないね」

欽ちゃんがストローを吸うと、カップのなかの水位がどんどん低くなる。それを見ながら、ロンはブラックコーヒーをすすった。今日はキャラメルマキアートを頼む気分じゃない。

太田の逮捕後、ロンはその後の顚末《てんまつ》を調べてくれるよう欽ちゃんに頼んだ。直前で逃げたヤマシタのことも気になっていた。今日は欽ちゃんから、「続報がある」ということでカフェに呼び出されたのだ。

「それで、太田たちはどうなったの？」

「なかなか面白い展開になってる」

欽ちゃんは甘い息を吐きながら説明する。

「まず太田は、大麻グミを売買し、常用していた事実から、医薬品医療機器等法違反に問われている。あと、一緒にいたヤマシタの自宅からは乾燥大麻が見つかった。大麻取締法違反の疑いもある」

ヤマシタは大麻を吸っている、とは太田も語っていた。ここまでは想像の範囲内だ。

「太田とヤマシタは同じ学生寮の住人で、部屋は隣同士だ」

「だから仲いいんだ」

「しかも、薬物に手を出していたのは二人だけじゃない。学生寮に住んでいる数名が、おそらく乾燥大麻や大麻グミを使っている」

欽ちゃんいわく、寮内ではこの一、二年で大麻が蔓延《まんえん》するようになったらしい。住人たちは薬物に関する情報を交換し、直接売買も行っていたという。寮そのものが愛好家たちの巣窟《そうくつ》と化していたのだ。

「何人くらいいるの？」

「五、六人はいそうだな。もちろん太田とヤマシタだけじゃなくて、そいつらもまとめて検挙する。ヤマシタが横浜駅で大麻グミを落としてなければ、今も放置されてたと思うと恐ろしいよ」

ずずっ、と音を立てて、欽ちゃんは中身を吸いこんだ。カップが空になる。

「寮っていうのは、よくも悪くも関係が密だからな。警察だってそうだ」

「警察官も大麻やってるの？」

「バカ。そういう意味じゃない。人間関係が密になるのは、別に避けるべきことじゃない。先輩後輩との絆《きずな》が深まれば、団結力が生まれるし仕事にも張り合いが出る……ただ、いいことばかりでもない」

欽ちゃんは眠たげな目をさらに細める。

「なんか、嫌なことあった？」

「別に。いいこともあれば、悪いこともある」

明らかに欽ちゃんの様子はおかしかったが、ロンは黙っておいた。茶化していい空気ではない。幼馴染《おさななじ》みでも、互いに気安く立ち入れない領域はある。

「とにかく、この件はこれで終わり。いつまでも変なことばっかり首突っこんでないで、真面目《まじめ》に働けよ」

「はーい」

立ち上がりかけた欽ちゃんは、ふと、何か思い出したように動きを止めた。それからゆっくりとロンを振り返る。

「一つ、訊いていいか」

「なに？」

「もしもの話でさ、お前の大事な人間が誰かに傷つけられたらどうする？」

とっさにヒナやマツ、凪の顔がよぎる。涼花やチップ、蒼太のことも思い出した。もちろん、欽ちゃんも。みんな、ロンにとってはかけがえのない人たちだった。その仲間が傷つけられることがあれば――

「傷つけたやつを見つけ出して、懲らしめる」

「懲らしめる、ってどれくらいだ？」

「それは法律に任せるよ」

「もし法律で裁けなかったらどうする？」

ロンは沈黙した。欽ちゃんは、何の目的でこんな質問をしているのか。言葉の端々に滲む不穏な気配は隠しようがなかった。

やがて欽ちゃんは「悪い」と首を振った。

「おかしなこと訊いた。忘れてくれ」

「……あっそ」

「じゃあな。弁護士先生のアシスタント、頑張れよ」

欽ちゃんはいつもと変わらない足取りで去っていく。一緒に店を出てもよかったのだが、なんとなく横に並ぶのははばかられた。ロンはスーツの背中を見送りながら、眉《まゆ》をひそめる。

——変なこと考えてないといいけど。

遠ざかっていくぼさぼさ頭は、どこか寂しげに揺れていた。

4．ディテクティブ・ハイ

高校二年生の冬だった。

俺《おれ》はその日、珍しく真面目《まじめ》に宿題をやっていた。何かいいことがあったのかもしれないし、たまたま気が向いただけかもしれない。とにかく、俺はまっさらに近い英和辞書を引きながら、英語の課題をこなしていた。

――ディテクティブ。

文中に出てきたその言葉の意味は、知らなかった。辞書で調べてみると、「探偵」という意味だった。だが、どうもそれだと文章が通らない。見返すと、同じ単語には「刑事」という意味もあった。

――刑事と探偵って、同じ単語なんだ。

英語はずっと赤点だったけど、なぜか、その時のことは今でもはっきり覚えている。

その一年後の冬。高校三年生だった俺は、実家の店番をしていた。

すでに警察学校に入ることは決まっていた。採用通知が来てから高校卒業までの間は、毎日のように手伝いをさせられた。うちの実家は中華菓子を売っていて、毎日常連客が来ては店頭でだべっていく。

少し前にロンの父親が亡くなった件は、中華街の話題をさらった。顔見知りのおっちゃんおばちゃんたちはしきりに噂《うわさ》していた。

――不二子さん、最初から殺すつもりで結婚したんじゃないかねえ。

――良三郎さんも不幸だね、こんなことになって。

――それを言うならロンだよ。父親も母親もいなくなっちゃって……

大人たちがそんな話をしていたことは、小学三年生だったロンやヒナ、マツは知らないだろう。でも俺はよく知っている。その手の噂は店頭に立つたびに耳にした。そんななかでも、ロンは一見いつもと変わらないように見えた。マツやヒナとつるみ、ゲームをしたり、うちの店先で菓子を食ったりしていた。けれど時おり見せる寂しげな表情は、大事なものが失われたことを暗示していた。

ある日、店でロンと二人きりになったことがあった。ロンは店内のベンチにヒマそうに腰かけていた。何か言わなければ、と思いつつ、気の利いたセリフは何も浮かばなかった。

「大変だったな」

何の足しにもならない言葉をかけると、ロンは大人びた表情で答えた。

「別に。じいちゃんがいるし」

「そっか」

「平気だよ、俺は。親なんかいなくても」

洟《はな》をすすったロンに、俺は肉まんを差し出した。ロンはびっくりした顔で受け取る。

「くれるの？」

「サービス」

店に遊びに来る連中にサービスしたことは一度もなかった。キリがないからするな、と親に言われていたからだ。でも、この時だけはその指示を破った。怒られたら、俺の小遣いから出せばいい。

ロンは「ありがと」と言って肉まんにかぶりついた。白い湯気が立つ。すごい勢いで肉まんを食べ終えたロンは、手を払ってベンチから立ち上がった。

「欽ちゃんって、優しいね」

じゃあね、と言い残してロンは店を出て行った。多くを語らなくても、気持ちはちゃんと伝わっていた。俺はしばらく、その場から動けなかった。

その時、警察官としての俺の目標は決まった。

絶対に、南条《なんじょう》不二子を捕まえる。

＊

カウンター席に座っているロンは、唐揚げ定食を持ってきた男から視線を外せなかった。相手のほうも両手でトレイを持ったまま、固まっている。

通りに面した「紅林《こうりん》」という店に入ったのは、偶然だった。清田のお使いで馬車道《ばしゃみち》駅の近くにある会社を訪れた帰り道、ランチを食べていくために入った。中華街からは歩いて二十分ほどの距離にある店で、入るのは初めてだった。内装は新しく、ごく普通の個人店のようだ。中華料理店というより、チャイニーズレストランと呼んだほうが似合いそうな洒落《しゃれ》た雰囲気が漂っている。

「……おい」

「こんなとこで何やってんだよ、マッツ」

白いコックシャツと黒のズボンに身を包んだ坊主頭の男は、どこからどう見てもマッツであった。マッツはとっさに唇を歪《ゆが》め、眉間《みけん》に皺《しわ》を寄せて、高い声で話しはじめた。

「ダレデスカ？　ワタシ、アナタノコトシラナイ」

「ふざけんな」

「はい、これ唐揚げ定食。それでは」

「待てって」

腕をつかむと、マツは裏返った声で「あっ」と叫んだ。

「お客様、暴力はやめてください！」

「いい加減にしろよ」

さすがに観念したのか、マツはカウンターの内側で調理をしていたスタッフに断ってから、ロンの隣に腰を下ろした。

「なんだよ。ロンだってわかってたら隠れたのに……」

「ここで働いてんのか？」

「アルバイトでな。本当は調理担当だけど、今日はホールが足りないから手伝ってる。仕事中だから、ゆっくりは話せないぞ」

そう言いつつ、マツは卓上に伏せられていたコップに自分で水を注《つ》いだ。アルバイトにしてはなかなか大胆な態度だ。さらにマツは、ロンの頼んだ定食から唐揚げを一つつまんで口に放《ほう》りこんだ。

「おい。勝手に食うな」

「味見だよ。これも修業の一環」

「修業？　お前が？」

「そう。俺、この店で調理の修業させてもらってんの」

マツは咀嚼《そしやく》しながら「うん、うまい」とうなる。何を言っているのか、ロンにはわけがわからない。

「一から説明してくれ」

「別に、そんな複雑な話じゃないって。俺は中華料理の調理師になりたいから、ここで働かせてもらってんの。それだけ」

「調理師になりたい、って……そうだったのか？　柔術家兼ギャンブラーとして生きていくんじゃなかったのか？」

「前はそう思ってたよ。でも、カンさんのことがあって気が変わった」

マツはカウンターに肘《ひじ》をつく。

「カンさんが自殺未遂してから何度も話した。重いこともどうでもいいことも、たくさん。カンさんはよく、俺みたいになるな、って言うんだよ。フリーターのままフラフラするなって意味じゃない。自分の大事なものを見失うな、ってこと」

「なんだよ、大事なものって」

「それは人それぞれだろ。恋人かもしれないし、趣味かもしれない。でも俺にとって一番大事なのは、結局のところ中華街であり、洋洋飯店なんだよ。長いこと考えて、やっとわかった」

マツはコップの水で喉《のど》を湿らせる。

「俺がギャンブルやりながら適当に暮らしてるのも、実家が店をやってるって安心感があるからなんだよな。だからこの辺で観念してさ、そろそろ俺も、大事なもののために働いてみようかと思って」

「洋洋飯店を継ぐのか？」

「まだ親には話してないけど。うまくいけば、そうなる」

ロンは、最近マツの付き合いが悪い理由をようやく理解した。この店で働きはじめたせいで、忙しくなったのだ。

店を継ぐ気になったのは喜ばしいことだ。少なくとも、柔術家兼ギャンブラーとして生活を送るよりはよっぽどまともだ。

「それはいいけど、だったら洋洋飯店で修業しろよ」

「実の親にこき使われるなんて、絶対ムリ。だいたい朝から晩まで顔つき合わせて過ごしたら鬱陶《うっとう》しすぎるだろ。少なくとも、調理師免許取って一人前になるまで洋洋飯店では働かない」

「それにしても、なんでここなんだ？」

「たまたま入って食った唐揚げが、うまかったから」

言われてから、ロンはまだ定食の唐揚げを食べていなかったことに気付いた。試しに一つ口に入れてみる。醤油《しょうゆ》とニンニク、スパイスの香りが鼻に抜けていく。濃い味付けが白飯を誘う。ロンは「うまっ」とつぶやいた。

「なんだよこれ？　食べたことない味だぞ」

「肉の下味にクミン、衣にコリアンダーが入ってんだよ。他にも色々隠し味があるけど、これ以上は企業秘密な」

マツが得意げに解説した。レシピ考えたのはお前じゃないだろ、と胸のうちで突っこみながら、ロンは二口、三口と食べ進める。

「だいたい事情はわかったけど、せめて俺らには言えよ」

「だって、うちの親にバレたらめんどくさいだろ。それこそ洋洋飯店で働け、って言われる。だから誰《だれ》にも教えてない」

カウンターの内側にいる男性が「趙《ジャオ》くん、そろそろいい？」と呼んだ。マツは「すんません」と慌てて立ち上がる。

「じゃあな、ロン。そういうことだから。黙っててくれよ」

コップの水を飲み干し、マツは厨房へと消えていった。

ロンは絶品の唐揚げを食べながら、マツが言っていたことを思い出す。

――自分の大事なものを見失うな、ってこと。

マツは上林が自殺未遂を図ったことがきっかけで、自分の人生と向き合う覚悟を決めた。

そしてマツにとっての大事なものは、実家の「洋洋飯店」だった。

——いいよな、マツは。

口にはできないが、その思いがあるのは事実だった。マツには「洋洋飯店」があるが、ロンが帰るはずの場所だった「翠玉楼」はすでになくなっている。マツと同じ選択はできない。

定食を食べて店を去る間際、カウンターの奥を覗《のぞ》いてみた。そこでは、マツが真剣な面持ちで中華鍋を振るっていた。隣では先輩らしき男性が指示を出している。

ロンは胸に生じた一抹の寂しさを振り切って、店を出た。

カフェの店内は、若い女性や観光客で賑《にぎ》わっていた。

元町・中華街駅のすぐ近くにあるカフェは、この数か月ですっかりなじみになっていた。このところ、欽ちゃんと会うといえば決まってここだ。最初こそキャラメルマキアートを注文したが、それ以降は普通にコーヒーを飲んでいる。

カフェにはテラス席もあるが、客は誰も座っていなかった。すでに日付は三月に替わったが、今日はずいぶん冷える。春の気配などまったく見当たらなかった。

スマホをいじりながら待っていたロンの前に、男性が立つ。視界の端に映った人影だけで、それが誰かわかった。

「遅いじゃん、欽ちゃ……」

顔を上げたロンは、思わず絶句した。

欽ちゃんは大きいサイズのフラペチーノを手に、仁王立ちしていた。眉間には深い皺が刻まれ、口元は強く引き締められている。あいかわらず頭は鳥の巣のようだが、両目はいつになく見開かれていた。

明らかに、様子がおかしい。よく見れば目は血走っている。

「どしたの」

「ちょっとだけ待ってくれ」

どかっと腰を下ろした欽ちゃんは、勢いよくフラペチーノをストローで吸いこんだ。相当甘いはずだが、あっという間に中身が半分になる。多少は落ちついたのか、口を離した欽ちゃんは長い息を吐いた。

「ふーっ……」

「ねえ。なんか、キマってない？」

「砂糖でもキメないと、やってられないんだよ」

欽ちゃんは目頭を揉《も》んだ。顔色に疲れが滲《にじ》んでいる。ロンは怪訝《けげん》そうに眺めながら、コーヒーを飲む。苦味が口に広がる。

「欽ちゃんから呼び出すって、何の用事？　大学の寮で大麻吸ってたやつらのこと？」

「全然違う」

欽ちゃんはしばし視線を泳がせていたが、やがて「ロン」と目を見て言った。

「手伝ってほしいことがある」

「なに、改まって」

「須藤《すどう》さんのこと覚えてるか」

ロンは首をひねった。知り合いのなかに、須藤という名前はいない気がする。

「誰だっけ?」

「〝風船紳士《ふうせんしんし》〟って言ったほうが早いか」

「ああ、風船紳士!」

小学生の頃《ころ》、山下町交番で三年ほど働いていた警察官だ。優に百キロは超えているだろう巨体と、やたら丁寧な物腰から、子どもたちには風船紳士というあだ名で呼ばれていた。彼が須藤という名前だったのを、すっかり忘れていた。当時四十歳くらいだったから、今は五十代前半だろうか。

たしか、欽ちゃんが警察官を志望したのは須藤の影響だったはずだ。事件に巻きこまれたところを助けられたから、というのがきっかけだった。

「そりゃ覚えてるけど。どうかした?」

「殺された」

ロンは一瞬、世界が自分から切り離された感じがした。

耳がおかしくなったのかと思うほど、静かだった。視界に映る欽ちゃんや、その後ろにあるカフェの客たちが動きを止める。数秒かかってようやく、殺された、という言葉の意味を理解した。

「……どういうこと？」

おぼろげながら、須藤の顔は記憶に残っていた。肉付きのいい頬《ほお》や下がった目尻《めじり》が思い出される。いつもにこやかで、小学生相手でも丁寧に接してくれた。

欽ちゃんは再びストローに口をつける。今度はカップの中身がほとんど空になった。にわかに、ロンも甘いものが欲しくなってきた。ストレスがかかると人は甘味を求めるらしい。

「順番に話す」

咳《せき》ばらいをした欽ちゃんの話は、三か月前の事件からはじまった。

＊

去年の年末に、大和《やまと》市内で強盗事件があったの知ってるか？

……そうだよな。大きく報じられたわけじゃないし、知らなくてもおかしくない。

被害者は八十代の女性。一人暮らしでマンションに住んでいた。遺体は結束バンドで手足を縛られ、全身に暴行を受けていた。発見者は、連絡がつかないのを不審に思った家族。発見された時点ですでに死後三日以上が経過していた。自宅からは現金や腕時計がなくなっている。

うん。ひどい事件だよ。でもな、実は同じような事件はこれが最初じゃない。去年の秋にも、海老名《えびな》で似た手口の犯行があった。ターゲットは一人暮らしの七十代男性で、やっぱり手足を結束バンドで縛られ、全身を殴打されていた。こっちの事件は幸い被害者が生存したが、あまりにもやり口が似ている。

県警では二つの事件を同一犯による犯行とみて、捜査を進めていた。単発の犯行ならマシってわけじゃないけど、連続強盗事件となると凶悪さが違う。より組織的な犯罪の可能性が高いからな。

特にここ数年、捜査一課では特定の犯行グループをずっと追っている。

半グレ、って聞いたことあるだろ。

簡単に言えば、暴力団には属さない犯罪集団だな。警察では準暴力団と位置付けてるけど、この十年くらいは半グレの連中がやたら目立ってきている。今時の若いやつは、上下関係の厳しい暴力団に入るより、気の合う友達と楽しく気楽にやってたほうがいいってことなんだろうな。

その半グレも、少し前は地元の仲間とか先輩後輩、あと暴走族のＯＢとかが多かったんだが、ここ最近はまた様子が違ってきている。

匿名・流動型犯罪グループ——通称「トクリュウ」。

トクリュウの特徴は、ＳＮＳで闇《やみ》バイトの募集をかけたり、匿名性の高いアプリで連携を取るところだ。実行役はＳＮＳ経由で闇バイトに応募して、実際に指示役とは会わないまま事件を起こす。つまり、実行役を捕まえたところで指示役にはなかなかたどり着くことができない。

トクリュウは、とにかくメンバーの流動性が高い。実行役は完全に使い捨てなんだよ。捕まれば切り捨てるし、うまくいけばまた事件を起こさせる。何々組、と名乗る暴力団とは違って、連中はグループ名すら持っていない。二件の強盗も、そういう半グレの仕業だと警察はみている。

今年に入って、二つの事件を起こした実行犯は捕まった。全員が十代から二十代の男で、全部で四人。そいつらを徹底的に取り調べたが、やはり指示役とは面識もなく、顔も実名も知らなかった。

そいつらが唯一知っていたのが、〈ドール〉という名前だ。指示役の一人がそう名乗っていたそうだ。

実行犯たちは、イヤフォンをつけて指示役とリアルタイムで会話しながら、強盗を起こしていたらしい。手足を縛ったのも、全身を殴ったのも、その〈ドール〉からの指示に従った結果だと言っていた。

いろいろ話したが、トクリュウと呼ばれる半グレ集団がいることと、〈ドール〉の率いるグループが強盗殺人を起こしたことだけ、覚えてくれればいい。


それで、須藤さんの話だけどな。

須藤さんは横浜に戻って、鶴見《つるみ》区内の交番で働いていた。その前は川崎の警察署で内勤だったけど、去年の春に異動になった。山下町にいた時と変わらず、物腰は丁寧で住民の評判はよかったらしい。

事件があったのは、先月の頭だ。

午後十一時、鶴見の交番に直接通報があった。同じマンションの上の階から、揉み合うような騒音が聞こえるって内容だった。様子を訊《き》くと、どうも尋常な様子じゃない。その夜の当直だった須藤さんは、一人でマンションへ足を運んだ。ちょっとした騒音くらいなら、そこまでしないことも多いんだが……須藤さんだからな。あの人は、頼まれれば断らない。

須藤さんが現場に到着した時には、すでに物音は止《や》んでいた。ひとまず様子を見ようということで帰ろうとしたが、その時、上階から鈍い音が聞こえた。須藤さんは急いで音がした部屋へ駆けつけた。

……そこから先のことは、よくわからない。通報者もその場面は見ていないし、被害者も須藤さんの姿は見ていない。マンションのエントランスには防犯カメラがついているが、外廊下には設置されていない。

だからここからは想像だ。

須藤さんは、どうにかしてドアを開けさせたんだろう。室内にいた犯人もそう簡単には応じなかったはずだが、うまいこと脅したのかもな。応援が来るから抵抗しても無駄だ、とか。

部屋のなかには実行役の犯人たちがいた。住人は奥の部屋で縛られて横になっていた。一目見て、須藤さんは状況を理解しただろう。これは強盗だと。でも、須藤さんが実際に応援を呼ぶことはできなかった。

頭をしたたかに殴られて、気を失ったからだ。後々の検証で、須藤さんは後頭部を二発、固いもので殴打されたことがわかっている。

須藤さんが一向に戻ってこないのを心配した通報者が再度交番に連絡して、別の警官がやってきた。その警官が上階の部屋に踏みこんで、ようやく、うつ伏せに倒れている須藤さんが発見された。拘束された住人も別の部屋に放置されていた。当然、犯人たちの姿はなかった。

住人のほうは擦り傷程度で、命に別状はなかった。だが須藤さんの意識が戻ることはなかった。すぐに救急車が呼ばれて搬送されたが、脳から出血していたらしい。急性硬膜下血腫《けっしゅ》と診断された須藤さんは、意識不明のまま入院した。一週間経《た》っても二週間経っても、須藤さんは眠ったままだった。

そしてけさ、亡くなった。

＊

ロンは無言で耳を傾ける。初めて聞く話ばかりだった。大々的に報じられてもおかしくないはずだが、そんな事件をニュースで見た記憶はない。自分がいかに世間の出来事に注意を払っていないか、痛いほど思い知らされた。

欽ちゃんの目はウサギみたいに真っ赤だった。洟をすすった欽ちゃんはつらそうだが、それでも話すことを止めない。

「……俺が最後に話したのは異動の直後だ。仕事で鶴見に行った時、交番に立ち寄って少しだけ話した。あいかわらずの体形だったよ。独身だから、いくら食べても止めてくれる人がいないって笑ってた」

須藤が朗らかに話している姿を想像する。ロンは交番にいる須藤しか知らない。いつ顔を合わせてもにこにこしていて、子どもを見るたび「気をつけてください」とか「何かあったらすぐ言ってください」と声をかけていた。一大観光地である横浜中華街で育つ子どもたちにとって、交番勤務の警察官は身近で頼れる大人だった。

その風船紳士が、死んだ。

「……俺はどんな手を使ってでも、須藤さんを殺した犯人を捕まえる」

欽ちゃんは目尻に滲んだ涙を拭《ぬぐ》った。

「実行犯だけじゃない。指示役も必ずだ。そしてトクリュウを壊滅させる」

「協力する」

ロンはほとんど反射的に言っていた。

「あの頃中華街にいた子どもたちはみんな、風船紳士の世話になった。俺も、ヒナも、マツも。だから俺らみんなで協力する」

「そうしてもらえると助かる」

かすれた声で応じる欽ちゃんは、どこかいつもと違った。普段の欽ちゃんはロンたちが事件に首を突っこむことに必ずと言っていいほど反対する。警察に任せておけ、という決まり文句とともに。だが今回に限っては、自分から事件の経緯を話して、ロンに助けを求めている。

幼馴染みとして、頼ってくれることは嬉《うれ》しかった。ただほんの少し、不安がロンの脳裏をかすめたのも事実だった。須藤が亡くなった直後であるせいか、欽ちゃんは冷静さを失っている。欽ちゃんは頼れる地元の先輩だが、まれに暴走することがある。地面師詐欺事件の時がそうだった。あの時も南条不二子を捕まえようと躍起になるあまり、欽ちゃんは大月弁護士に強引に協力を要請した。もっとも、ロンも相当無茶をしたから他人のことは言えないが。

このままの勢いで話を進めていいのか。ロンの思いをよそに、欽ちゃんは足を止めることなく語り続ける。

「ロンに相談したのは他でもない。警察にできないことをやってほしい」

「警察に、できないこと？」

いつもの欽ちゃんなら、まず吐かないだろう言葉だ。不吉な予感がさらにふくらむ。

「これから話すことは、俺とロンだけの秘密にしてくれるか。ヒナやマツにも言うな」

「……わかった」

欽ちゃんは重たげな瞼《まぶた》を精一杯開いて、身を乗り出した。

「今回の事件と、大和や海老名の事件には共通点がある。被害者は結束バンドで手足を拘束され、暴行を受けていた。だがそれだけじゃない。室内にあった現金やカード類、高級腕時計など、金目のものが奪われている。これが何を意味しているか、わかるか？」

「えーと……被害者の資産をあらかじめ調べていた？」

「そうだ。お前、そういうところは本当にカンいいな」

ロンは首をすくめた。褒められても、今はなぜかあまり嬉しくない。

「正確に言えば、〈室内に金品があることを事前に調べていた〉であろう点だ。ランダムに強盗に入っても、その家に金目のものがあるとは限らない。被害者の証言によれば、事件のひと月ほど前に不審な電話や訪問があったらしい」

そこまで聞いて、ロンは以前、似たような事件に関《かか》わったことを思い出す。

「アポ電強盗ってやつ？」

「まあ、広い意味じゃそうだな。でもそれだけじゃない。これは推測だが、マンションの外廊下に監視カメラがなかったのも偶然ではないだろう。犯人グループはそういう家を狙《ねら》ったんだ。それと、住人にドアを開けさせるための工夫もしている。よくあるのは宅配便や水道の業者を装って侵入する手口だが、鶴見の事件では違った。被害者によれば、犯人側は引っ越してきた近隣住民を装ったらしい」

「引っ越し？」

「転居のご挨拶《あいさつ》、という名目だったそうだ」

「普通、午後十一時に挨拶に来たらヘンだと思わないかな？」

「普通はな。でも、実際に同じ階で引っ越しがあったんだよ。その前日に」

ロンの背筋に、寒気が走った。偶然の一致とは思えない。

「つまり、犯人グループはそこまで調べたうえで嘘《うそ》ついたってこと？」

「そう考えるのが自然だろうな。事前に電話や訪問をして資産状況を調べただけじゃなく、もっと周到に準備している。個人でここまでのことはやれない。まず間違いなく〈ドール〉のグループの仕業だ」

半グレという言葉からロンが想像していたのは、短絡的で浅い考えを持った犯人像だ。以前ロンが関わったアポ電強盗の犯人もそうだった。だが話を聞いていると、かなり練られた計画に基づく犯行らしい。

「犯人の手がかりはないの？」

「なくはない」

欽ちゃんはまたストローを吸ったが、カップの中身はとうになくなっている。ずずず、と音が鳴るだけだった。

「マンションには唯一、エントランスにだけ防犯カメラが設置されていた。事件当夜、犯人グループは裏口を使って逃げたと推測される。だがこの裏口は、外からは鍵が開けられない。入る時は正面から入るしかない」

「じゃあ、誰か一人はエントランスを通過してるはずだよね？」

犯人グループのうち一人でも侵入できれば、裏口を解錠して仲間をなかに入れることができる。裏を返せば、少なくとも一人はエントランスを通過しているということだ。

「その通り。ただし、このマンションは五百人以上が入居していて、業者の出入りも多い。

住人かそうでないかを見きわめるのは苦労したが、ようやく候補が絞れてきた」

　欽ちゃんは、デスクに三枚の写真を広げた。防犯カメラの映像から切り出したものらしい。写っている人物はそれぞれ、黒いスウェットの若い男、青のシャツを着た壮年の男、それにコートを着た女性だった。男性二人の顔立ちはおぼろげに判別できるが、女性はサングラスと大きいマスクのせいでほとんどわからない。

「よく見ろ。ここだ」

　欽ちゃんは、写真の女性の胸元を指さした。ロンは目を凝らす。首にかけられたチェーンの先には、見覚えのある意匠が施されている。それは、地面師詐欺事件の犯人がつけていたエメラルドのネックレスだった。

「……南条不二子」

　ロンの母であり、父の死後に姿をくらました女。

　二の腕に鳥肌が立っていた。まさか、こんなところで出くわすとは。欽ちゃんはロンの反応を見ると、小さくうなずいた。

「この三人のうち、誰が〈ドール〉の仲間なのかはわからない。誰か一人かもしれないし、三人ともそうかもしれない。ただ、このなかの少なくとも一人は事件現場にいたはずなんだ」

　欽ちゃんいわく、事件前後でエントランスを出入りし、かつ住人でないと確認できたのはこの三人だけだという。

「でもさ、さすがに南条不二子は実行犯じゃないんじゃない？　女性だし、年齢的にも足を引っ張るだけじゃ……」

「直接手を下したとは限らない。監視のために指示役から派遣された可能性もある」

そう言われると反論のしようがなかった。欽ちゃんはロンの返答を待たず、話を続ける。

「これでわかっただろ。須藤さんを殺した犯人を捕まえることは、南条不二子を捕まえることとイコールかもしれない。俺とロンには、この事件を解決しなければならない義務がある」

「…………」

ロンが沈黙したのは、答えに窮したからではない。欽ちゃんが何かに取《と》り憑《つ》かれているように思えたからだ。須藤の死で頭に血が上っているのは間違いない。だがそれだけではない、もっと根源的な怒りを感じた。

「それで？　欽ちゃんから俺に頼みたいことって？」

「それだけどな」

欽ちゃんは急に言葉を切った。躊躇《ちゅうちょ》しているのが手に取るようにわかる。ロンは苛立《いらだ》ちながら「もういいよ」と言う。

「ここまで聞いたんだし、とことん付き合う。だから言ってよ」

うなずくと、欽ちゃんはスマホを操作して画面を見せた。画面にはＳＮＳアプリを通じて、ある投稿が表示されていた。

〈東京・神奈川　ホワイト案件です！　保証金不要　即日10以上約束します　今すぐＤＭください〉

投稿には、意味不明の言葉が並べられていた。

「捕まった実行犯の証言と照らし合わせると、この投稿をしたのはおそらく〈ドール〉のグループと付き合いがあるリクルーターだ」

「リクルーターって？」

「実行犯を集める担当者みたいなもんだ。闇バイトの仲介業者だと思えばいい。指示役から委託されて、人集めに特化している連中だな。それで……」

そこまで聞けば、欽ちゃんが言いたいことの意味はほぼわかった。

「……わかった」

「わかった。俺がおとりとして、この闇バイトに応募すればいいの？」

「……すまん。やっぱり忘れてくれ」

途端に欽ちゃんはスマホを伏せた。その顔は青ざめている。

「悪い。どうかしてた、俺。ロンにこんなことやらせるなんて正気じゃない」

「なんで？　いいよ、別に」

けろっとした顔で応じるロンに、欽ちゃんのほうがうろたえていた。

「ダメだ。こんな危ない目に遭わせるわけにいかない。俺がおかしかった」

「だから、やるって。言ったよね。とことん付き合う、って。俺だって風船紳士の敵《かたき》を取りたいし、南条不二子も捕まえたい。そのためなら、ちょっとくらい安全圏からはみ出したっていい」

「ちょっとじゃないだろ」

「大丈夫。本当に闇バイトする気はないから。いざとなったらすぐ逃げる」

警察にできないこと、と言っていた意味はわかった。たしかに、おとりとなって闇バイトに申し込むなんて警察官にはムリだ。平然としたロンを前に、欽ちゃんは苦しげにうめいている。

「怖くないのか？」

「何が？」

「相手は半グレだぞ。勝手にバックレて無事で済む保証はない。身分証の写真とか、すべて引き渡すことになる。氏名も住所も、何もかも相手に筒抜けになる。いったん足を踏み入れたら、簡単に引き返せるような世界じゃない」

ロンは「別に怖くない」と即答する。欽ちゃんは口を歪《ゆが》めた。

「……なんでだよ」

「欽ちゃんが一緒だから」

その答えに迷いはなかった。

ロンが特殊詐欺の犯人を追ったのは、二十歳《はたち》の時。アパートの一室に監禁されたロンを間一髪で救出してくれたのは欽ちゃんだった。欽ちゃんが助けてくれなければ、あそこで人生は終わっていたかもしれない。あの時の恩を返すと思えば、闇バイトに片足を突っこむくらいのことは平気だった。

欽ちゃんはまだうめいていたけど、しばらくすると「一つだけ」と言った。

「一つだけ約束してくれ。危険だと思ったら、すぐに俺に連絡しろ。どんな状況でも絶対、なんとかするから」

「オッケー」

軽い返答を聞いて、欽ちゃんは苦笑する。今日初めて笑顔を見た。

「お前、本当に緊張感ないな」

「そう?」

「どうかしてるよ。普通じゃない」

「よく言われる」

少しだけ元気を取り戻したのか、欽ちゃんはにやりと笑った。

「頼んだぞ。〈山下町の名探偵〉」

「その呼び方、やめてほしいんだけど」

そう言いながらも、首筋を掻《か》いているロンはまんざらでもない表情だった。

「ねえロンちゃん、聞いてる？」

隣にいるヒナが剣呑《けんのん》な視線を向けた。

晴れた三月なかば。ロンとヒナは、山下公園で並んで座っていた。大学が春休みに入り少し時間ができたヒナから、近所を散歩しようと誘われたのだ。ロンはベンチに腰を下ろし、隣にヒナの車いすを横付けしている。海からは春の気配をはらんだ風が吹いていた。

「聞いてるよ。三月の割にあったかいなって話だろ」

「それは一つ前の話題。サークルのこと」

ロンは上の空で「ああ、ごめん」と答える。ヒナは切れ長の目を細めた。

「……何か隠しごとしてる時の反応だね」

「えっ？」

「何かあるなら、白状しなよ。秘密にしてもムダだよ。ロンちゃん、隠しごと下手くそなんだから」

ロンは無言で頭を掻く。俺が隠しごと下手というより、ヒナが鋭すぎるんだと思うけど。そう言おうか迷って、やめておいた。余計に神経を逆なでしそうだ。

実際、ロンの頭のなかは闇バイトのことで一杯だった。欽ちゃんと話してから二日。まだ応募のメッセージは送っていない。「頭のネジが外れている」と言われるロンでも、今回の件に関してまったく躊躇がないといえば嘘になる。

ロンは懸命に、目の前にいるヒナに注意を向ける。

「で、サークルが何って？」

「四月から、わたしが代表になるかもしれない」

「マジで？」

すっとんきょうな声で問い返したロンに、ヒナが呆れ顔でため息を吐《つ》く。

「やっぱり、全然聞いてないじゃん」

「そんな話になってんの？」

「わたしがやりたいって言ったわけじゃないよ。でも、新しい代表が本当にひどくて。ただ木之本さんにくっついてただけで、やる気もないし、能力もない。いるだけムダっていうか。本人も辞めたがってるし」

散々な言いようである。

「でも、他にも先輩はたくさんいるんだよな？　ヒナはまだ二年だろ」

「うーん、そうだけど。でも木之本さんの件で抜けた人もいるし。残った先輩たちはエンジニアとしての腕はいいんだけど、人前に立つのが苦手な人が多くて、みんな尻込みしてる。わたしの肩書きは書記で、一応幹部なのね。だからまあ、次の代表は幹部の菊地《きくち》さんがいいんじゃないか、って空気になってて……」

戸惑い混じりに語るヒナは、口をとがらせて海を眺めていた。

「いやなのか？」

「……わかんない。自分がサークルの代表になるなんて、考えたことなかったから」

「俺は、別にいいと思うけど」

それはロンの本心だった。ヒナが「なんで？」と振り返る。

「だって、ヒナがリーダーとして求められてるってことだろ。悪いことじゃないと思う。周りの人たちだって、ふさわしくない人間をリーダーに推そうとは思わない。俺もヒナなら、きっとうまくいくと思う」

「根拠は？」

「ヒナには信念があるから」

ロンは即答した。

「家から出ようと決めたのも、高認を受けたのも、大学を受けたのも、ヒナが信念に則って行動した結果だ。サークルの代表になっても、ヒナはちゃんと信念に基づいて前進できる」

「……それは、みんながいたからだよ」

海を見ていたヒナの視線は、いつからか手元に落ちていた。

「引きこもりやめたのも、高認も大学も、ロンちゃんたちがいたからできたんだよ。でも、大学やサークルにみんなはいない。一人でそんな大それたこと、やり切る自信ない」

「俺らはいるだろ、ここに」

ロンの声に気負いはなかった。

「俺もマツも凪も欽ちゃんも、ヒナのすぐ近くにいる。そりゃ、大学やサークルにはいない。でも何かあればいつでも相談には乗れるし、話だって聞ける。俺らはいつだってヒナのそばにいるよ」

ヒナは無言で顔を上げて、また海を見た。深青色の海面の向こうに、灰色がかった建物群が並んでいる。ヒナの視線は、ここではないどこかを見ていた。

「……もう少し考えてみる」

その一言で、サークルの話題は終わった。「それよりさ」とヒナが振り返る。

「なんとなく流れちゃったけど、ロンちゃん隠しごとあるんでしょ。さっさと白状しなよ」

ロンは軽くのけぞる。いい感じにごまかせたと思ったが、ヒナはちゃんと覚えていた。

「バレてたか」

「何歳から付き合ってると思ってるの」

「いや、実は……」

ロンは、ヒナに秘密にしていた事実を吐露した。ヒナのなめらかな眉間に皺が寄り、表情が曇る。信じられない、とでも言いたげだった。

「本当に？」

「本当」

ロンがうなずくと、ヒナは確認するように言った。

「……マツが、中華料理店で調理のバイト？」

「そうなんだよ」

ロンが明かした秘密は、マツの「紅林」でのアルバイトの件だった。内緒にしておくよう言われていたが、ヒナには明かしてもいいだろう。中華街の外とはいえ、あんな近所で働いていたら、放《ほう》っておいてもそのうちバレるに決まっている。

「でも、なんで自分の実家で働かないの？」

「親にこき使われたくないんだって」

「らしい理由ではあるね」

ヒナが納得してくれたことに、ロンは内心安堵《あんど》する。これでもう一つの「隠しごと」は言わずに済んだ。半グレの闇バイトに応募するなんて聞いたら、ヒナが黙っているはずがない。自分も協力すると言い出すに決まっている。だが、友人たちを危険な目に遭わせるわけにはいかない。

――危ない橋を渡るのは、一人で十分だ。

ロンはすました顔をとりつくろい、海を見た。

＊

俺は最低だ。警察官としても、人間としても。

幼馴染みを闇バイトに潜入させるなんて、どう考えても普通じゃない。途中で逃げようとすればリンチされるおそれもあるし、個人情報も向こうに渡る。成り行き上とはいえ、ロンが強盗や特殊詐欺に加担してしまう可能性だってある。だいたい、ロンに捜査状況を明かすこと自体がアウトだ。職務上知り得た秘密を部外者に漏らすことは、地方公務員法違反にあたる。

違反行為を数えるだけで、ため息が出る。

それでも後に引くつもりはない。どんな手を使ってでも、須藤さんを殺した犯人を捕まえる。ロンにそう宣言したのは嘘ではない。危ない橋を渡ってでも、俺は敵を取らなきゃいけない。

それがせめてもの、須藤さんへの手向《たむ》けだった。

俺が須藤さんに救われたのは、高三の夏の暑い日だった。

高校までの俺は、今思えば目を覆いたくなるくらいの怠け者だった。中学高校と帰宅部で、勉強にも運動にも打ちこめず、ダラダラと毎日を過ごしていた。

自分でも性質《たち》が悪いと思うけど、それでもテストはそこそこの点数が取れたし、スポーツだってそれなりにはできた。だから余計に勉強や運動をする意味が見いだせず、内心バカにしている節すらあった。斜に構えて、そんなに必死にならなくてもいいんじゃないの、みたいなことを思っていた。愚かとしか言いようがない。

やることといえば、たまに実家の店番に立つか、中華街の幼馴染みたちとつるむくらいだった。とはいえ、同年代の連中はみんな塾だ部活だと忙しそうにしている。遊ぶのは自然と年下ばかりになった。

特によく一緒に遊んでいたのが、ロンやマツ、ヒナだ。俺が高校生の頃、やつらはまだ小学生だった。

断っておくが、その時からヒナが気になっていたわけじゃない。意識しだしたのは、ヒナが高校生になってからだ。断じて、そういう趣味をもっているわけではない……と信じている。

とにかく、俺は高校三年になっても何もせず、ただぼんやりと日々を送っていた。大学に進学するつもりも、就職する気もなかった。このまま家業を手伝いながら適当に過ごして、親が年老いたら店主の座を継ぐ予定だった。やりたいことも、叶《かな》えたい夢も、何もなかった。

休日、先輩から電話が来た。学校の委員の仕事で知り合った人で、部活をやっていない俺にとって、数少ない顔見知りの先輩だった。橋本《はしもと》という名前で、ハッシー先輩と呼ばれていた。

「岩清水か？　元気？」

ハッシー先輩は陽気な人だった。面倒見がよくて、俺みたいなフワフワしている後輩にも愛想よく接してくれた。だから電話がかかってきたこと自体は、珍しいなと思いつつ、怪しむことはなかった。

「あ、どうも。久しぶりです」

「半年ぶりくらいか？　急で悪いんだけど、今日、会えない？」

春に高校を卒業した先輩は、都内の会社に就職したはずだった。何をやる会社かは覚えてなかったけど、「IT系」とだけは聞いていた。

毎日がヒマだった俺は、「いいっすよ」と即答した。

「でも、先輩は仕事大丈夫なんですか」

「平気、平気。今やってる仕事が、ラクな割にめちゃくちゃ儲《もう》かるんだよね。高卒の新卒平均に比べたら、二、三倍の収入はあるんじゃないかな。自由時間もたっぷりあるし」

「へえ。いい仕事っすね」

「最高だよ。よかったら、岩清水にも紹介したいんだよな」

「いいんですか？」

「ああ。岩清水は真面目にやってくれそうだから。あ、友達とか連れてくるなよ。お前にだけ紹介するんだからな」

先輩は、午後五時に大岡川《おおおかがわ》沿いの事務所まで来るよう指定した。

白状すると、この時、俺はハッシー先輩の誘いに何一つ疑いを持っていなかった。こんなにも怪しさ丸出しなのに、警戒心ゼロでのこのこと会いに行くことを決めたのだ。

一応言い訳すると、俺にもグータラなりに罪悪感はあった。同級生たちが受験勉強や就活に勤しんでいるのを見て、俺も就職したほうがいいかも、と考えてはいた。先輩はその気持ちにつけこんだ……と言うと、さすがに都合よすぎるか。

「五時っすね。わかりました！」

能天気に返事をした俺は、いそいそと準備をはじめた。家を出る前、店頭で母親とすれ違った。

「あんたどこいくの？」

遊び歩いてばかりいた俺は、親からの信頼がゼロに等しかった。

「先輩がいい仕事紹介してくれるって」

「本当に？　そんなうまい話ある？」

「本当だって。今から事務所行かせてもらうんだから」

疑わしそうな顔をしている母親に、先輩から教えられた事務所の場所と社名を告げた。就職の話を持ち出せば喜んでくれるかと思ったが、母親は「ふーん」と言いながら、住所をメモしていた。後で調べるつもりだったのかもしれない。

「じゃ、そういうことで」

軽い足取りで家を出発して、地下鉄ブルーラインの関内駅まで歩いた。数駅電車に乗り、意気揚々と目的地を目指す。

指定された事務所は、大岡川のほとりの雑居ビルに入っていた。外壁も内装もくすんでいて、見るからに老朽化している。上昇のボタンを押すと、エレベーターの扉がいやにゆっくりと開いた。箱のなかにはタバコの匂いが充満していた。

三階で下りてすぐ、正面に薄汚れたドアがあった。インターホンが設置されていたので、ボタンを押してみる。

「はい。どなたですか？」

スピーカーから男の声が流れた。

「あのー、岩清水っていいます。橋本さんに紹介されたんですけど」

「はい、はい」

通話は切れ、すぐに内側からドアが開いた。顔を見せたのはハッシー先輩本人だった。

「よく来てくれたな」

「ヒマなんで」

先輩の案内で、八畳くらいの部屋へ通された。部屋の真ん中にソファが二脚とローテーブルが置かれている他には何もない。応接室っぽいが、妙に殺風景だ。俺と先輩は一つのソファに並んで座った。

やがて、二人の男が入ってきた。俺の正面に座ったのは二十代なかばのリクルートスーツを着た男。上背があり、やけに体格がいい。その横に座ったのは、グレーのスーツを着て色つきのメガネをかけた三十代くらいの男だった。こいつは痩《や》せていて、なんとなく冷たい印象があった。

「はじめまして、岩清水さん！」

リクルートスーツを着たいかつい男は、やたら元気よく挨拶してきた。色メガネの男はこっちを見たまま黙っている。

「あっ、どうも」

「橋本くんの紹介ってことだけど、何か聞いてる？」

「自由時間が多くて、めちゃくちゃ儲かる仕事だって聞きました」

「そうそう！　そうなんだよね」

いつの間にかタメ口になっていた。若い男はあまりまばたきをせず、目を見開いている。異常なほど口角が上がっていた。ふと隣を見ると、ハッシー先輩はうつむいていた。「先輩？」と問いかけても顔を上げない。

「岩清水さんはね、すっごくラッキーだよ。今ちょうど、僕らのビジネスに参加してくれる人を探してたんだよね」

「何のビジネスですか？」

「まあ、これ見てよ」

若い男はスーツの袖《そで》をまくって、手首に巻かれた腕時計を見せた。やけに盤面が大きい時計で、ピカピカに磨かれている。

「これ、一本六百万するんだ」

「すごいっすね」

「岩清水さんも、三か月頑張れば買えるようになるよ」

時計に興味ないけどなあ、と言いたいのをこらえた。儲かるのはいいけど、そこまでがっつり稼ぐつもりはない。

「仕事のこと、教えてもらってもいいっすか」

「そうだね。まずはこれを見てほしいんだけど」

男は一枚の紙をローテーブルに滑らせた。いくつかの階層にわかれた三角形が印刷されていて、各階層には「アフィリエイター」とか「アドバイザー」といった名前がつけられていた。

「僕らは〈サイドジョバー友の会〉の会員を集めてるんだ。簡単に言えば、副業収入のノウハウを他の人に販売するための集まりだね。入会する時にちょっとお金がかかるんだけど、いったんノウハウを手に入れれば、あとは自動的にお金が入ってくる。なぜかというと、一人勧誘すれば紹介料として十万円が入ってくるから。それを続ければ……」

「すみません」

ハイになって語り続ける男は、水を差されたのが気に食わないのか、むっとした。

「どうしたの？」

「これ、ネットワークビジネスですよね？」

その一言で若い男の顔がこわばった。図星だ、と表情が語っている。

昔、中華街の店主の一人がネットワークビジネスにハマったことがあった。知り合いに見境なく声をかけていて、うちの親もターゲットになった。店頭でずいぶん話しこんでいたから、話の断片は記憶している。

「これ、入会金がかかるんですよね。そんで、親が子を勧誘するたびに親に一定のお金が入るようになってる。詐欺なんじゃないですか？」

若い男は沈黙し、目を細めて俺をにらんでいた。さっきまで明るく話していた男が急に黙りこむと、やたら怖い。

「何か誤解してないかな？」

口を開いたのは、横にいた色メガネの男だった。

「僕らがやってるのは単なるネットワークビジネスで、合法だよ。よく間違われるけど、違法なのはいわゆるねずみ講だね」

「何が違うんすか」

「実体のない金品のやり取りをしていたら、ねずみ講。でも僕らは副業ノウハウという商材をきちんと売買している。だから、合法のネットワークビジネス。わかりやすいでしょう？」

若い男が、あからさまにほっとした表情に変わる。

「そうそう。僕らのは合法だから」

「でもなんか、怪しいんすよねえ。ハッシー先輩、どう思います？」

振り返ると、先輩は額に汗をかいていた。

「先輩？」

「……大丈夫だ」

「はい？」

「いや、大丈夫だから。心配しなくていい。とにかく入会金として三十万、払ってくれればいいから。それで全部うまくいくから」

その反応を見て、さすがにわかった。ハッシー先輩はあっち側なのだ。俺を呼んだのも、本気でいい仕事を紹介するためじゃない。俺を取りこみ、入会金とやらを搾《しぼ》り取るためだ。

「……帰ります」

一気に醒めた俺は、ソファから立ち上がろうとした。だが、いつの間にか後ろに回り込んでいた若い男に肩を押さえつけられる。

「まあ、待ってよ」

「放してください」

「待てって言ってんじゃん」

笑顔のまま、若い男は俺を突き飛ばした。フローリングの上に仰向《あおむ》けに転がる。起き上がるより先に、男が馬乗りになった。開いた瞳孔《どうこう》が俺に向けられる。

「帰さないよ」

「やめてください。警察行きますよ」

「きみ一人の証言なんか、いくらでもごまかせるんだよ」

背後では、色メガネの男が無言で俺を見下ろしている。ハッシー先輩は涙目だった。俺はようやく、手遅れなのだと悟った。ヤバい。その言葉だけが頭のなかをグルグル回っていた。

それからソファに戻ってしばらく押し問答をした。入会金三十万円を払って、自分たちの仲間になれ。三人とも、それしか言わなかった。でも俺はおだてられても、脅されても、頑なに断り続けた。そもそも金がないということもあるけど、それ以上に、俺にも意地があった。ネットワークビジネスだかねずみ講だか知らないが、加担するつもりは一切なかった。

途中、別のいかつい男たちがやってきて交代で俺を説得したけど、同じことだった。ずっと隣にいるハッシー先輩は、半泣きで「入会してくれよ」と言った。

「岩清水。やらないと、お前、殺されるぞ」

「やらないです」

二時間ほど経っても諦《あきら》めてくれる気配はない。いい加減帰りたかった。男たちはだんだん、苛立ちを隠さなくなってきた。説得役は、最初に出てきた若い男と色メガネのコンビに戻った。

「なかなか物わかりが悪いね」

「っていうか、普通こんなの信じる人いないっすよ」

深く考えずに吐いた言葉は、若い男の神経を逆なでしたようだった。目に見えて表情が固くなり、「あ?」と俺の胸倉をつかんだ。その手首を色メガネがつかむ。

「別の部屋、行くぞ」

それを聞いたハッシー先輩の顔が歪んだ。

「あの……そこまでしなくても」

「黙ってろ。移動するぞ」

俺は若い男と色メガネに両側を挟まれ、別室に移動させられた。そこは部屋というより物置きのような狭い空間だった。いつの間にか、若い男の手には手錠があった。

「……嘘でしょ」

つぶやくと同時に、後ろに回り込んだ色メガネが俺を羽交い締めにした。若い男は右足首に手錠をかけ、左足首とつなごうとする。俺はがむしゃらに両足をバタつかせて抵抗した。

「おい、やめろ！　ふざけんな！」

「橋本ぉ！　足、押さえろ！」

ハッシー先輩は泣きながら、俺の両足をつかんだ。手錠を両足首にかけられ、丸太みたいに床に転がされる。若い男はもう一つ手錠を取り出した。

「両手、出せ」

「勘弁してくださいよ」

「うるさい」

左頬をしたたかに殴られた。さらに右頬。両方の頬骨がじんじん痺《しび》れる。痛みに怯《ひる》んだ隙《すき》に、両手首に手錠をかけられた。普段からもっと鍛えておけばよかった、と場違いな後悔をする。

うつぶせになり、なんとか立ち上がろうとするが、手足を拘束されているせいでもぞもぞ動くのが精一杯だった。目の前に色メガネがしゃがみこむ。

「入会するなら、すぐに解放してあげるよ」

「……ムリっす」

立ち上がった色メガネが、勢いよく革靴のかかとを俺の背中に落とした。反射的に、うっ、とうめき声が出る。二度、三度と繰り返し踏みつけられるたびに声が漏れた。止んだかと思うと脇腹《わきばら》につま先が食いこみ、酸っぱいものが腹の底から上がってきた。苦しさで顔が歪む。

「三十万で自由にしてあげるってば」

今度は若い男が太ももを蹴《け》りつけた。

「そんな金……ないです」

「なんぼでも方法あるでしょ。未成年なら、親の身分証使って金借りなよ。カードのキャッシングでも借りられる。やり方教えてやろうか？」

色メガネの男が、「よっ」と言いながら俺の背中に飛び乗った。一気に腹が圧迫され、叫び声が出る。

「大丈夫。岩清水くんも誰かを勧誘すればいいんだから。三人勧誘すれば、元は取れるよ。きみもこっち側に来ればいい」

「……先輩は、あっち側に行ったんですね？」

ハッシー先輩は号泣していた。

「ごめん……ごめん……」

その先輩の前髪を、色メガネが無造作につかむ。

「橋本くぅん。泣くのは違うよ。俺らが脅迫してるみたいじゃん。これはみんなにとっていい話なんだから。だから後輩を呼んでくれたんだよね？　そうだよね？」

こくこく、と先輩は壊れた人形みたいにうなずく。わかってはいたけど、この事務所に俺の味方はいない。携帯電話はジーンズのポケットに入ってるけど、連絡を取れるような状況じゃない。

若い男に再び顔を張られた。情けないが、恐怖で泣きそうになる。

——俺、本当に殺されるのかな。

いっそ三十万、払っちゃおうかな。こういう状況なら親も許してくれるだろ。そんな考えがよぎった直後。

インターホンが鳴らされる音がした。小部屋からは見えないが、事務所にいた別の誰かが応対に出たらしく、「はいはい」と言っている。室内用のスピーカーから発せられる音が漏れ聞こえてくる。

「あのー、警察の者ですが」

その声は小さいけれど、たしかに聞こえた。色メガネの顔つきが変わったことからも、間違いなかった。若い男も動揺している。

「……警察？」

慌てて色メガネが小部屋を出て行く。その隙を逃すはずがない。ドアが開いた瞬間を狙って、俺はあらん限りの大声で叫んだ。

「助けてくれぇ！　誰かぁ！」

若い男がはっとした顔をした。構わず俺は連呼する。

「早く助けて！　警察の人！　ここにいる！」

しゃがみこんだ若い男が、分厚い手のひらで俺の口を覆った。だが、すでに声は外まで聞こえていたらしい。

「いま、声がしませんでしたか？」

警察だと名乗った誰かが、インターホン越しに尋ねた。事務所の人間が「はい？」ととぼける。

「助けてくれ、とか」

「いやぁ。聞こえなかったですけど」

「ドア開けてもらえますかね。二、三お話伺いたいので」

「……ちょっと待ってください」

一分ほどして、小部屋に色メガネが戻ってきた。吐き捨てるように、「手錠外せ」と告げる。若い男はびっくりしていた。

「いいんですか？」

「さっさとやれ」

色メガネは次に俺のほうを見た。

「お前はもう帰れ。ここで倉庫整理のバイトしてる最中、転んで傷ができたって言え。その時に『助けて』と叫んだんだ。仕事のことは一切口外するな。いいか」

突然の解放だった。ぽかんとしている俺に、色メガネは「いいか？」と念を押す。思わず「はい」と応じていた。この状況から脱出できるなら、それくらいの嘘をつくのは平気だった。

若い男がしぶしぶ、手足を拘束していた手錠を外す。自由の身になった俺はすぐさま立ち上がり、一目散に部屋を出た。やり返そうなどとは思わなかった。とにかく、顔も身体《からだ》も燃えるように痛む。

出入口の外では、警察官と事務所の人間が会話しているようだった。

「じゃあ行きますんで」

振り返って告げると、若い男が憎々しげな顔で俺を見ていた。そうだ、ハッシー先輩は？　目で探すと、先輩は小部屋に隠れるようにこっちを窺《うかが》っていた。卑屈そうなその目を見て、俺は直感する。たぶん、先輩はもうこっち側には帰ってこない。

逃げるようにドアを開けると、そこに立っていたのは見知った人物だった。突き出た腹に、肉付きのいい顔。警察官とは思えない体形の持ち主は、山下町交番の風船紳士こと須藤さんだ。

「須藤さん？」

「おや。欽太くんじゃないですか」

目が合うと、須藤さんは会釈してみせた。事務所の人間は「もういいですか」と言い残して、一方的に事務所のなかへ逃げていった。俺と須藤さんはエレベーター前に取り残される。

「こんなところで、いったい何を？」

「いや、ちょっと……転んで」

俺は律義に嘘をついた。須藤さんは深く追及せず、「そうですか」とだけ言った。

「では、帰りましょうか」

よっこいしょ、と言いながら、須藤さんは大儀そうにエレベーターのボタンを押した。

二人で箱のなかにいる間も、俺たちは無言だった。午後八時を過ぎ、外はとうに真っ暗になっている。

「一人で帰れますか？　タクシーでも呼びましょうか」

「大丈夫です」

傷は痛いけど、歩けないほどじゃなかった。それにタクシーなんか呼んだら大事になる。

まあ、警察官が来てる時点でもう大事なんだけど。

ビルの前には自転車が止めてあって、須藤さんは迷わずそれに乗った。

「では、私はこれで帰るので」

あっさり去ろうとする須藤さんに、「あの」とすがった。

「なんで、ここがわかったんですか」

「親御さんからご相談があったんでね。欽太くんが帰ってこない、と。どこか怪しいところに行ってるんじゃないかと心配されてたので、念のため、当該の事務所まで来てみました」

「……それだけのために、来てくれたんですか」

「それだけ？」

「高校生が夜になっても帰らないからって、わざわざ様子を見に？」

須藤さんは事もなげに「はい」と言った。俺には信じられなかった。そんな訴え、全部相手にしてたらキリがない。

「いちいち出張ってて、面倒くさくないんですか」

「もちろん、同時多発的に不審なことが起これば、優先順位をつけざるを得ない時もあります。我々はサービス業ではなく公務としてやっているので、百パーセントの要望には応《こた》えられません。ただ……」

須藤さんは自転車にまたがったまま、前を見た。

「治安を守るというのは、そもそも面倒くさいものです」

その時、でっぷりと太った制服警官が、ひどくかっこよく見えた。自転車に乗る巨漢の姿は、まるで玉乗りをするサーカスの象みたいなのに、それでも俺の目にはヒーローとして映った。

「傷がひどいようなら、病院に行ってください。では」

キコキコ、と錆《さ》びたチェーンが鳴る音を響かせながら、須藤さんは闇のなかへ消えていった。呆然《ぼうぜん》と見送りながら、それまで考えもしなかった進路がにわかに浮かび上がってきた。

——警察官か。

大変そうだが、かっこいい気もする。いや違う。警察官は、かっこいい。

痛む身体を引きずりながら、ブルーラインの駅を目指す。家に帰ったら、警察官の募集要項を調べようと決めた。もし期限を過ぎていたら、諦めよう。でも、仮にまだ応募が間に合うようなら――

全身に傷を負っているというのに、俺の口元は少し緩んでいた。

斎場には、大勢の警察関係者が詰めかけていた。

警察に入って十年以上になるが、殉職した警察官の葬儀に出るのは初めてだった。須藤さんの直属の上司はもちろん、主だった県警幹部がほとんど顔を揃《そろ》えている。俺の顔見知りも何人かいた。

長い列に並び、焼香を済ませ、喪主である須藤さんの父親に簡単に挨拶をする。俺のするべきことはそれで終わりだった。菊の花に囲まれた須藤さんの遺影は、朗らかに笑っていた。

「おう、岩清水」

夜の斎場を出て駐車場を横切っていると、田宮《たみや》さんに声をかけられた。歳はちょうど一回り上で、俺に刑事の基礎を教えてくれた人だ。

「お久しぶりです」

「元気してんのか？」

そのまま立ち話になる。

「田宮さんは今、どちらで?」

異動の多い「わが社」では、知り合い全員の現所属を正確に覚えてはいられない。田宮さんは川崎市内の警察署で刑事として働いているという。

「お前は? まだ捜一?」

「まあ」

「だいぶ長いな。そろそろ声かかるんじゃねえか。明日か明後日《あさって》だろ」

たしかに、例年であれば春の異動の内々示がされる頃合いだ。俺は今の職場でかなりの古株だった。タイミングを考えればおそらく……いや、まず間違いなく、この春に声がかかる。

「百パー、異動でしょうね」

「じゃあ、須藤さんの敵討ちはできないかもな」

田宮さんは軽い調子でそう言った。所轄の警察署に異動となれば、俺がこの案件に触れることはなくなるだろう。もし刑事課だったとしても、所轄外の事件に首を突っこむことは、通常ない。

田宮さんの発言に深い意図はなかったのだと思う。けれどその一言は、俺の感情を逆なでした。お前は須藤さんを殺した犯人を捕まえることなく、捜査一課を去ることになる。そう聞こえた。

「……かもしれないですね」

「かもしれない、ってなんだよ。あと二週間で三月終わるぞ。その間に犯人捕まえられるかもしれない、って意味か？」

それには答えず、鼻を鳴らした。夜の駐車場に沈黙が落ちる。

「岩清水」

田宮さんがしゃがれた声で言った。この声のトーンには聞き覚えがある。説教をする時の声音だ。

「お前の仕事は昔から、大当たりか大外れだった」

「自分は大当たりしか覚えてません」

「相模原の強盗傷害のことだろ？　あれはお前、紙一重だぞ。一人で勝手に接触しやがって。こっちがヒヤヒヤするんだよ」

「でも結果的には逮捕につながったでしょう」

「そういう行き当たりばったりなやり方だから、鎌倉《かまくら》で大失敗したんだろ。忘れるな」

ぐうの音も出なかった。

鎌倉で起こった傷害事件は、今の職場に入って一年目に起こった。俺は気が逸《はや》るあまり、無関係な一般人を犯人だと思い込んで捜査を進めていた。途中で真犯人がわかったからよかったものの、あのまま見当違いな捜査を進めていたら、県警全体に迷惑をかけていたかもしれない。

「何度も言わせんなよ。いいか。焦るな」

若手の時から、田宮さんには繰り返し「焦るな」と諭されていた。

「絶対に焦るな。どんな時でも、だ。焦りは犯人にとって有利に働く。地味に足場を固めるしかないんだよ。お前、もう三十過ぎてんだろ。俺にこんな説教させんなよ」

「……わかりました」

「わかってない返事だな。その眠そうな目を開けよ」

「目は生まれつきです」

「うるせえ。もう一度言うぞ。焦るな。たとえ殺されたのが身内でも、単独行動に走ることだけは許さん」

ここでいう身内が、警察官——つまり須藤さんを指していることは言うまでもなかった。

俺は口先で「わかっています」と応じる。

もしも、俺が幼馴染みを闇バイトに潜入させようとしていると知ったら、田宮さんはどうするか。きっと、殴り飛ばしてでも止めようとするだろう。田宮さんはそういう人だ。

だからこそ、今回は頼れない。先輩に迷惑をかけるわけにはいかない。

田宮さんの右手指が、何かを探すようにもぞもぞと動く。タバコを吸いたいのだろう。

たぶん、もうすぐ説教は終わる。

「俺が教えた刑事の条件、覚えてるか」

忘れるわけがない。田宮さんにはたくさんのことを教えられたけれど、覚えているのはそれだけだと言っていい。

「焦らない。慌てない。諦めない」

「よし。じゃあな」

踵《きびす》を返した田宮さんは、いそいそと去っていった。俺はその背中に無言で謝罪する。

——すみません。

今の俺がいるのは須藤さんのおかげだ。あの時助けてくれなければ、俺はどうにかして三十万払っていたかもしれない。そのままハッシー先輩がいるあっち側へ引きずりこまれていたおそれすらある。俺の未来を救い、警察官の道を選ばせたのは、まぎれもなく須藤さんだった。

異動まで、あと二週間。

どんな手を使ってでも、俺は犯人を追い詰める。

＊

ロンは自室で腕を組み、スマホをにらんでいた。

闇バイト募集のアカウントに応募メッセージを送ったのは、昨日のことだ。すぐに〈トベ〉と名乗る人物から返信があり、匿名でメッセージが交わせるアプリへ誘導され、以後はそちらでやり取りをすることになった。

アプリでは氏名やおおまかな住所、現在の仕事などを訊かれた。嘘をついてもよかったが、後々本物の身分証を提示することを考えて正直に答えた。求められた情報を送ると、相手から〈明日の朝十時に電話で話せますか?〉と返事が来た。もちろん承諾した。

そしてけさ。約束の十時は、すでに十五分過ぎている。

——すっぽかされたのか?

じりじりした気分で待つうち、トベへの不信感が募っていく。欽ちゃんからは、〈ドール〉が率いる半グレグループは練られた計画に基づいて犯罪行為を進めると聞いた。そのため緻密《ちみつ》に動いているのだと思っていたが、意外といい加減なのかもしれない。

それからさらに五分が経ち、ようやく電話がかかってきた。ロンはひとまず約束が守られたことに安堵しつつ、「はい」と電話を取る。

「もしもし。小柳さんですか」

男の声がスピーカーから流れてくる。

「はい。あの……トベさんですか?」

「はいはい、トベです。すみませんね、遅くなって。前の商談が押しちゃって」

軽い調子で謝りながら、トベは切り出す。

「改めて、今回の案件を担当するトベです。僕はあくまで、仕事を紹介するだけの人間だと思ってください。紹介先のことは知らないし、訊かれてもお答えできないんで、そこはあしからず」

欽ちゃんは、このアカウントの人物を「実行犯を集める担当者」だと話していた。まさにその通りのようだ。

「今日はね、小柳さんの希望とか、色々確認させてください。それによって紹介先を決めるんで。いくら稼ぎたいとか、どんな仕事がいいとか。私はいろんな人とお付き合いがあるんで、条件に応じて紹介できますよ」

手際よく話を進めようとするトベを「あのう」と遮る。

「希望なら、もう決まってます」

「あ、そうですか？」

「〈ドール〉さんの下で働きたいんですけど」

途端にトベが押し黙った。探るような沈黙が流れる。

「……どこでその名前を知りました？」

「スズキってやつから聞いて」

当然、そんな知り合いはいない。トベは少し黙ってから、「まあいいや」と言った。

「どうして〈ドール〉さんと働きたいんですか?」

「稼げるって聞いたんで。俺、若いですし、体力もそこそこあるんで、たぶん役に立てると思います」

トべは「なるほど」と言い、もったいつけるように間を空けた。

「あの……俺じゃダメですかね?」

「いえ。ご希望なら、私から掛け合ってあげますよ」

「本当ですか」

「ただ、仕事内容は選べません。おそらくタタキですが、いいですね?」

タタキが強盗を意味することは知っていた。ロンは最初からそのつもりだ。迷わず「はい」と答える。

「すぐに身分証を撮影できますか? 健康保険証とか、運転免許証とか」

「保険証なら」

「では、表面と裏面、両方をスマホで撮って私に送ってください」

やはり身分証を求められた。これで、ロンの個人情報は半グレたちの手に渡ることとなる。事務的に応対するトべに、ロンは真正面から疑問をぶつけてみることにした。もしかすると、トべと話すのはこれが最初で最後になるかもしれない。引き出せる情報はすべて引き出しておきたかった。

「〈ドール〉さんってどんな人なんですか？」

「最初に言ったように、私はただの仲介役です。名前は知っていても、会ったこともないですし、素性は何も知りません。たぶん、小柳さんも直接会うことはないと思いますよ」

取りつく島もない。それでもロンは食い下がる。

「でも、これから〈ドール〉さんのグループに掛け合ってくれるんですよね？　その時は、誰と話すんですか？」

「それはまあ……本人ですが」

どうやらトベは、〈ドール〉と会ったことはないものの、電話で話すことはあるらしい。性別や年齢を尋ねてみたが、のらりくらりとかわされた。

「やっぱり、案件はタタキが多いんですか？」

「ケースバイケースですが、今探しているのはタタキをやってくれる人ですね」

「他のもあるんですか」

「時期によっては普通に受け出しとか、運び屋とか」

受け出しというのは、特殊詐欺で被害者からカード類を受け取る「受け子」、そして現金を引き出す「出し子」を意味する。運び屋というのも、薬物や後ろ暗い現金を運ぶ役を意味していると思われた。

トベの口ぶりに罪悪感は微塵《みじん》もない。ごく普通のアルバイトを紹介しているかのように、淡々としていた。ロンは少し踏みこんだ質問をしてみる。

「警察に捕まったりとか、大丈夫ですか？」

「大丈夫です。僕が紹介した案件で捕まった人はゼロですから」

自信たっぷりの口ぶりが、かえって怪しかった。

「二月の頭に、鶴見で強盗事件がありましたよね。あれも〈ドール〉さんの指図だって聞いたんですけど」

「そうなんですか？」

徹底して、トベはとぼける。そんなやり取りを繰り返しているうちに、「確認ですけど」とトベが言った。

「小柳さん、本当に普通のフリーターですよね？」

背筋がひやりとする。さすがに詮索《せんさく》しすぎたか。「もちろん」と答える声はわずかに上ずっていた。

「じゃ、いったんこれで。この後すぐに身分証送ってくださいね。そしたら先方と交渉しますから。忘れずに」

通話が終わった。疲労感がどっと肩にのしかかる。そこで遅ればせながら、訊き忘れたことがあると思い出した。

——南条不二子、って知ってますか？

ロンは首を左右に振る。仮に彼女と面識があったとしても、本名を名乗っているとは思えない。どっちみち、意味のない質問だった。

それよりも。このまま足を踏み入れれば、本当に闇バイトに加担することになる。おとり捜査は構わないが、犯罪者になるのは御免だった。かといって、今引き返しても得られるものはない。

可能な限り、ギリギリまで接近する。それがロンに課せられた使命だった。


翌日の昼、ロンはいつものように一階の法律事務所で仕事をしていた。

「小柳くん、ランチ行きます？」

ローテーブルで書類を整理していたロンに、清田が後ろから声をかけた。

「いいですね。おごってくれるんですか？」

「そこは別々で」

「ケチですよねぇ。まあ、儲かってないのは知ってますけど」

ぼやきながらダウンジャケットに袖を通していると、からん、とドアベルの音が鳴った。

清田がいつの間にか勝手に取り付けていたものだ。

「おっ、珍しい」

外からドアを開けたのはマツだった。むすっとした顔でロンをにらんでいる。

「お前、俺が紅林で働いてることバラしただろ」

「何が？」

マツは「とぼけるなよ」とロンの肩に手を回す。

「さっき、親から問い詰められたんだよ。よその中華料理屋で働いてるヒマあるんだったら、うちを手伝えって。適当にごまかして逃げてきたけど、帰ったらまた同じこと言われるよ」

どこから漏れたかは想像がつく。ロンがこの件を話した相手は一人しかいない。

――ヒナも意外と口軽いな。

「黙ってろって言っただろうが」

「まあまあ。あそこで働いてたら、遅かれ早かれバレるだろ。現に俺にはああしてバレたわけだしさ。あっ、清田先生と昼メシ行くんだけど一緒にどうだ？」

「これから店でバイトだよ」

「じゃあ俺らも行くわ。清田先生、唐揚げのうまい店にしましょう」

何も知らない清田は、呑気《のんき》に「いいですねえ」と言う。マツも毒気を抜かれたのか、それ以上は何も言わなかった。

三人で馬車道方面へ歩いている間、ロンとマツはもっぱら風船紳士こと須藤について話した。少し前に須藤が亡くなったことは、中華街でもとうに知れ渡っていた。彼が山下町交番に赴任していたのは十数年前のことである。にもかかわらず話題に上ることからも、須藤がいかに住民たちの印象に残っているかがうかがえた。

マツがしかめ面で話す。

「びっくりしたよ。風船紳士が死ぬなんて……しかも、仕事中の事故なんだろ？」

「事故？」

「ああ。俺が聞いたのは、強盗を捕まえようとして頭を打ったとか、何とか。公式発表じゃないし、どこまで本当かわからないけど」

ロンは訂正したい気持ちをぐっと堪《こら》える。風船紳士は強盗犯に殴打され、その影響で亡くなったのだと、本当は言ってやりたい。

神奈川県警は須藤の死について、「就業中の不慮の事象」によって亡くなったということ以外、詳細を公表していなかった。おそらく、捜査に支障をきたさないためだろう。ロンが勝手に口外するわけにもいかない。

「ロンは欽ちゃんから何か聞いてないのか？」

「いや、特に」

「そっか。欽ちゃんも意外とクールだよなぁ。前に聞いたけど、欽ちゃんが警察官になったのって、風船紳士に憧《あこが》れてたからなんだろ。その人が死んじゃったのに、普通に仕事してるなんてさ。俺だったら、死に物狂いで犯人捕まえようとするけどな」

——マツ、それは違う。

その言葉をどうにか喉元で押しとどめた。

欽ちゃんの真っ赤に充血した目を思い出す。誰よりも犯人逮捕にこだわっている欽ちゃんは、今この瞬間も捜査に奔走しているはずだ。クールどころか、怖いくらいに前のめりだった。

やがて「紅林」に到着する。マツは従業員用の裏口へ回り、ロンと清田は正面から入った。ランチタイムとあって混雑していたが、テーブル席が一つだけ空いていた。二人は向かい合って座り、唐揚げ定食を注文する。

「さっきの話は何だったんです？　強盗がどうとか」

あらためて、清田が尋ねた。話の断片だけは聞こえていたらしい。

定食が来るのを待つ間、ロンは鶴見で起きた事件のあらましを説明した。ついでに、昨年海老名や大和で同様の事件が起きたことも付け加えた。三つの事件の関連については明確でないものの、似通った手口であることはすでに報道されている。

清田は顎《あご》に手を当てた。

「海老名や大和の事件では、実行犯はすでに逮捕されているんですね？」

「そうなんですけど、指示役は全然わかってなくて」

「トクリュウというやつですか」

おお、とロンは感嘆の声をあげる。

「清田先生、よく知ってますね」

「過去に何度か、いわゆる半グレ集団にいた方を担当したことがあるもので」

さらりと言った直後、唐揚げ定食が運ばれてきた。トレイを持ってきたのは、マツではない店員だった。

「元半グレ集団の人と付き合いあるんですか？」

「その言い方はやめてください。顧客です、顧客。借金の清算とか足抜けのトラブルに絡んで、何度かそういう人を担当したことがあるって話ですよ」

清田は唐揚げをひとかじりして、メガネの奥の目を見開く。

「おいしいですね、これ」

「でしょ？　それで先生。さっきの話なんですけど、その元半グレの人たち、紹介してもらうこととかできます？」

唐揚げを食べながら、清田はロンの目を見返した。曇ったレンズの奥で何かが光る。

「連絡先はわかりますが」

「十分です。お願いします」

「……止めてもムダなんでしょうね」

ロンがなぜ元半グレと連絡を取りたがっているのか、その理由が清田にはわかっているようだった。話の流れを踏まえれば、予測するのは難しくないだろう。

「マツには黙っててください」

「危険なことに首を突っこむのは、あまり感心しませんが」

「清田先生も似たようなもんでしょ」

スパイスの効いた唐揚げを嚙《か》みしめながら、ロンは思案する。手ぶらで闇バイトに突っこむだけでは、〈ドール〉までたどりつけそうにない。何らかの策を練る必要がある。ヒントを得るには、向こうのことをよくわかっている者——つまり半グレ集団にいた人間に訊くのが一番いい。あわよくば、〈ドール〉に関する情報が直接手に入るかもしれない。

不安そうな清田の視線をよそに、ロンは順調に定食をたいらげていく。

*

神奈川県警察本部庁舎は、馬車道駅から徒歩五分の場所にある。

打ち合わせを済ませて居室に戻る途中、ちょうど喫煙室から誰かが出てきた。一秒後にはお互いを認識する。

「お疲れ様です」

「最近よく会うな、岩清水」

田宮さんは廊下の端を顎で示した。立ち話に付き合え、ということらしい。顔を寄せてきた田宮さんがぼそりとつぶやく。

「言われたか？」

それだけで、何のことかはわかった。

「はい。加賀町です」

内々示を受けたのは二日前だった。告げられた異動先は、山下町にある加賀町警察署の刑事課。俺の実家から歩いて数分の距離だ。

「ド地元じゃねえか」

「こんなこと、あるんですね。出身地は避けるって聞きましたけど」

「警務が考えることはわかんないからな」

田宮さんの言う通りだ。露骨な島流しでもない限り、異動の意図など探るだけ無駄だ。何年かすればどうせまた異動になる。

「まあでも、よかったじゃねえか。刑事の仕事は続けられるってことだ。お前、最初から刑事志望だったよな？」

「……はい」

それはいいが、中区《なか》の署に異動となれば、須藤さんの件に関わることは難しくなるだろう。自分の手で解決するには、やはり異動前に終わらせるしかない。来月一日の異動まで、およそ十日しか残されていなかった。

「そんで、例の強殺《ごうさつ》は進展あんのか？」

田宮さんも、同じことが気になっているらしい。強殺というのは強盗殺人を指す。通常の強殺は被害者を殺して金品を奪うことを意味するが、今回のケースは違う。殺されたのは警察官である須藤さんだ。ただ、犯人が強盗と殺人を犯したという意味では間違いない。

「映像から実行役を絞りこんでいるところです」

実行犯の疑いがあるのは、マンションの防犯カメラに映っていた三名の男女だ。まだ三人とも事件当日の行動が定かでない。誰が実行犯の一味なのか、見極めるにはもう少し時間がかかりそうだった。

「言っておくが、お前が一人で全部やることじゃないからな」

釘を刺すように、田宮さんが言う。

「捜査はチームワークだ。お前も誰かの遺産を引き継いで手柄を挙げたことくらいあるだろ。同じように、お前も誰かにバトンを渡すんだよ。一から十まで抱えこんだら、いずれ潰《つぶ》れる。わかるな？」

俺は「はい」と答えるしかない。チームワークが重要なことくらい、知っている。この件には相当数の捜査員が動いていて、俺はそのなかの一人に過ぎない。皆、警察官が殺されたという事実にいきり立っている。

ただ、俺は他の捜査員とは思いの質が違う。死んだのは他でもない須藤さんだ。悪いけど、ただ身内が死んだというのとは事情が異なる。他の誰かにたやすくバトンタッチできるはずがない。

「お前にはお前の人生がある。ほどほどでな」

田宮さんは言いたいことだけ言って、去ってしまった。一人、人気《ひとけ》のない廊下に取り残される。

——俺の人生なんか、あってないようなもんだろ。

俺はただ、須藤さんの背中がかっこよく見えたから、その後を追ってきただけだ。悪人を捕まえるとか、正義をまっとうするとか、本当はそんなことどうでもいい。俺はもっと自分勝手だ。

「最低だな」

誰にも聞こえないつぶやきを残して、廊下を歩きだした。

夜九時。元町・中華街駅からほど近いカフェの隅で、いつものようにフラペチーノを飲んでいた。

最近、このカフェのフラペチーノにハマっている。酒がそれほど飲めず、タバコもやらない俺にとって、ストレス発散の手段は糖分を摂ることくらいだ。このカフェは全国にチェーン展開しているから、遠方への出張中でも楽しむことができる。

口ではフラペチーノを飲みつつ、目はスマホの文字を追っていた。表示されているのは、県警内部で共有された半グレ集団に関する情報だ。一口に半グレといっても、国内に数十、神奈川県内だけでも十以上の組織があるとみられている。そもそも流動性の高いトクリュウでは、同一人物が複数の組織に出入りしていることもざらで、実数の把握が難しい。

フラペチーノをあらかた飲み終え、席を立とうと思っていた矢先、背後から「欽ちゃん?」と声をかけられた。振り返ると、車いすに座った黒髪の女性がいた。一瞬遅れて、「ああ」と応じる。

「ヒナか」

久しぶりに会うせいか、すぐにわからなかった。

「こんな時間に何やってんだ?」

「サークルの帰り。相席してもいい?」

うなずくと、ヒナは向かい合う格好で車いすを止めた。カップは車いすのドリンクホルダーに入っている。俺はつい視線をそらした。正面からヒナと向き合うと、気恥ずかしくなる。取調室ならいくらでも相手の目を見られるのだが。

三十を過ぎた男にしては、幼すぎる反応だということは自覚している。こうなったのはたしか、ヒナが高校に進学した頃からだ。異性として意識することなんて一度もなかったのに、急に雰囲気が変わった。それまで一緒にゲームをやっていた地元の後輩が、突然、見知らぬ女性に変わった。

もちろん、自分が気持ち悪いということくらいわかっている。

当時、向こうは十五、六歳の高校生で、こっちは二十代なかばの成人男性だった。好きになるべきじゃない、とわかっていた。だからそういう素振りは見せず、ひた隠しにしていた。つもりだった。だがロンやマツにはいつからかバレている。せめてヒナ自身には勘付かれていないといいのだが。

ブラックコーヒーを飲みながら、ヒナは言う。

「欽ちゃんは仕事帰り？」

「まあな。寝て起きたら、すぐにまた仕事だけど」

「あいかわらず忙しいんだね」

「サークルは順調か？」

楽しいか、とは訊けなかった。サークルの前代表である木之本翔《しょう》が逮捕された一件には、俺も絡んでいる。代表が捕まった後、残されたヒナたちがサークル運営に苦労しているのは想像に難くない。

「まあまあ、かな。大変だけど充実はしてるよ」

ヒナの切れ長の目が、愉快そうに細められた。どうやら彼女なりに前向きに過ごしているらしい。

「夜遅いんだから、あんまり油売ってないでさっさと家帰れよ」

「欽ちゃん。わたし、もう二十三だよ?」

ヒナは苦笑し、俺も苦笑した。そうか。もう二十三か。俺が三十二で九歳下なんだから、そうなる。

それから俺たちは他愛もない話をした。マツが馬車道の中華料理屋で働いていることとか、ロンが弁護士の手伝いをやっていることとか、最近中華街にできた店のこととか。ヒナの大学生活についても話した。エンジニア志望のヒナは、ディープラーニングを学べる研究室を目指すという。

互いの飲み物が空になっても、話題は尽きなかった。

「風船紳士、亡くなったんだってね」

会話の切れ目にヒナがぽつりと言った。

「欽ちゃんが捜査してるの?」

「捜査一課だからな」

「いい人だったよね、須藤さん」

「よく本名覚えてたな」

「当たり前じゃん。あの頃の中華街の子どもは、みんなお世話になったんだから」

自然と口角が緩んだ。名前を覚えているというだけのことが、俺には嬉しかった。

「でも欽ちゃんが刑事なんて、今でもちょっと信じられないかも」

「俺も信じられない」

「あはは。本人でもそうなんだ」

ヒナは笑ってから、真面目な顔で俺を見た。

「刑事って、講習とか受けないとなれないんでしょ。欽ちゃんはなんで刑事になろうと思ったの？」

その質問に、俺はしばし口をつぐんだ。

愉快な話題ではない。正直に答えれば、この楽しい会話に水を差すことになる。ヒナと二人きりで雑談できる機会なんて、もう二度とないかもしれない。でも、答えないわけにはいかなかった。真剣に問いかけてきた相手には、真剣に応じなければいけない。

空のカップを端に置き、ヒナの目を見た。

「南条不二子を捕まえるためだ」

それは俺にとってほとんど唯一の信念だった。

——欽ちゃんって、優しいね。

小学生だったロンがそう言った瞬間、俺の進むべき道は決まった。この少年のために、いずれ絶対に南条不二子を捕まえる。警察学校を出た俺は、刑事になるための最短ルートを調べ、上司にかけあい、試験に合格し、講習を受け、県警刑事部に配属された。警察学校に入ってから配属まで、八年かかった。

ヒナは神妙に「そっか」とつぶやいた。

「欽ちゃんは、不二子さんが孝四郎さんを殺したと思う？」

孝四郎はロンの父親だ。俺は頭のなかで慎重に言葉を選ぶ。

「わからない。だが、そこをはっきりさせるためには捕まえる必要がある」

「……これから話すこと、ロンちゃんに言わないって約束してくれる？」

「わかった」

ヒナは思いつめた表情でテーブルの角を見つめている。憂いを含んだ色白の横顔は、彫刻のように美しく整っていた。ヒナはためらいを振り切り、口を開く。

「わたしには、不二子さんが孝四郎さんを殺したとはどうしても思えない」

店内の話し声やＢＧＭが、遠ざかっていく。

「どうしてそう思う？」

「証拠も何もないよ。なんとなくそう思う、ってだけ。刑事の欽ちゃんにこんなこと言うの、適切じゃないかもしれないけど。でも、不二子さんってそんな人じゃないと思う」

「どの辺が？」

「欽ちゃんだって話したことあるよね？　顔を合わせるといつも優しく笑いかけてくれた

し、町内のルールもちゃんと守る人だった。たしかに愛想があるタイプじゃないし、中華街では浮いてたかもしれない。でも保険金のために夫を殺すなんて……」

「悪いけど、主観じゃ捜査の足しにはならない」

実のところ、目撃者や関係者の印象が手掛かりになることはある。明確に言語化できなくとも、不穏な気配が滲み出ることはあるものだ。その印象を丁寧に掘っていくことで、重要なヒントに行き着いた経験はあった。

ただ、ヒナの発言はあまりにも具体性に欠けていた。優しい笑顔を浮かべ、町のルールを守りながら、罪を犯す者はいくらでもいる。

しかしヒナはまだ納得がいかないようだった。

「でも、直前まで不二子さんは普通だったよね。あんな普通の人が、誰かを殺そうとするなんておかしいと思わない？」

軽く右手を挙げて、続く言葉を制した。

「生まれついての悪人なんて、いないんだよ。会社の金を横領するのは、特別な人間じゃなくてごく普通の会社員だ。詐欺事件を起こすのは、そこらへんにいるフリーターだったやつだ。人を殺すのだって特殊な人間だけじゃない。俺もヒナも、何かが少し違っただけで悪人になり得る」

ヒナの黒い瞳《ひとみ》は、じっと俺を見ていた。その奥に潜む感情は読み取れない。

「あの人は悪人に見えないから、被疑者から外す……なんてことはあり得ない。先入観は目を曇らせるだけだ」

「不二子さんが殺人者だって思うのも、先入観じゃないの？」

「そうは言ってないだろ。南条不二子を捕まえて、事実をはっきりさせる必要があると言っている」

「なーんか、詭弁《きべん》っぽいけどなぁ」

ヒナは頬杖《ほおづえ》をつき、あさっての方向に顔を向けてから、俺を横目で見た。

「大人だね、欽ちゃんは」

「どういう意味だ？」

「大人は隠しごとがうまいってこと。ロンちゃんとは違うね」

ヒナは空のカップをホルダーに収め、「そろそろ帰る」と言った。

「久しぶりにじっくり話せて、楽しかった」

「俺も」

本当は、まだ訊きたいことがあった。車いすのハンドリムに手をかけたヒナを見ながら、心のなかで質問をなぞる。

——ロンとはまだ付き合ってないのか？

だが、その問いを発することはない。答えを聞くのが怖いから。「付き合ってるよ」という答えならいい。すでに決着がついているなら諦めがつく。しかし、「付き合ってない」と言われたら……

「どうかした？」

無言でいると、ヒナが怪訝そうに首をかしげた。はっとする。

「なんでもない。気をつけてな」

「欽ちゃんも、身体壊さないようにね」

ヒナがカフェを去ってから、俺は「あっ」とつぶやいた。家まで送っていく、と言えばよかった。もしかしたら大チャンスを逃したかもしれない。俺は一人、深くため息を吐いた。

——だからモテないんだよなぁ。

カフェの窓から見える夜の街は、中華街のネオンのせいでいやに明るかった。

＊

「曲、入れていい？」

部屋に入ったロンは、テーブルの上にあったカラオケリモコンを見つけるなり、反射的に手に取った。カラオケボックスに来るのは二年ぶりだ。最後に来たのは、たしかマツとヒマつぶしに入った横浜駅前の店だった。

「グッド・ネイバーズの新譜、入ってるかな」

「歌ってもいいけど、本題が終わってからな」

今日二人で集まったのは、互いの進捗状況を報告しあうためだ。欽ちゃんから、打ち合わせたいことがある、と申し出があったのだ。後から入ってきた欽ちゃんは照明をオンにして、内線でジンジャーエールを二つ注文した。ロンはいったんカラオケリモコンを置く。

「でも、なんで今日はカラオケボックスなの」

「他人に聞かれるとまずいからな」

「今まではそうじゃないの？」

すぐにドリンクが運ばれてきた。グラスに口をつけると、人工甘味料の風味が口のなかに広がる。

「そうだけど、ちょっと事情が変わった。これから話すのは〈ドール〉の身元に関する情報だが、どうも思っていたより近くにいるかもしれない。だから念には念を入れて、密室のカラオケボックスを選んだ」

欽ちゃんはブリーフケースから書類を取り出し、目を通した。

「組対《そたい》の組織犯罪分析課から仕入れた情報だが、〈ドール〉とみられる人物が組織的な犯罪行為をはじめたのは、約三年前からだ。最初は特殊詐欺しかやっていなかったようだが、徐々に犯罪の幅を広げていく。強盗は昨年の海老名の事件が初めてらしい。明らかになっている範囲では、という注意書きがつくけどな」

「〈ドール〉が一人で全部、指示してるの？」

「いや。おそらく指示役とみられる幹部は三、四人いる。ただ、なかでもリーダー的な役割を演じているのが〈ドール〉だ」

　欽ちゃんは時おり書類に視線を落としながら、話を続ける。

「過去の事件に絡んで、受け子に指示を出している音声が残っている。そこから解析するに、〈ドール〉は四十代から五十代の男性。若干の関西なまりがあり、語り口は穏やかで、頻繁に咳ばらいをする」

「声は聞けないの？」

「データを持ってきた」

　欽ちゃんはスマホを操作する。部外者への捜査資料の漏洩はルール違反のはずだ。だが、今さらそれを指摘する気にはなれなかった。スマホから流れてきた音声は、低い男の声だった。

　――うん、じゃあカード受け取っちゃって……そう。二枚とも。そしたら相手に番号を控えさせて。いいの、いいの。そうしたほうが本物っぽいでしょ。受け取った？　後は、なるべく早く逃げて……

合成音声には聞こえないし、ボイスチェンジャーの類《たぐい》も使っていないようだ。音声は五分ほどで終わった。

「……これが〈ドール〉？」

「そうだ。海老名や大和の強盗実行犯にも聞かせたが、間違いない、と揃って言っている。この声が〈ドール〉なのは確定だ」

「顔を見た人はいないんだ？」

「今のところは。実行犯は皆、電話やメッセージでしかやり取りをしたことがないらしい」

〈ドール〉は自分の痕跡《こんせき》を残さないよう、細心の注意を払っているようだ。

「近くにいるかも、っていうのはどういう意味？」

「指示役たちが以前使っていたアジトが見つかった」

欽ちゃんいわく、口座情報などから特定した〈ドール〉の旧アジトは、寿町《ことぶきちょう》にあるアパートの一室だったという。ロンは「すぐそこじゃん」とのけぞった。寿町は、中華街からJRの線路を隔ててすぐの地区だ。歩いて十五分ほどで着く。

「俺も驚いたよ。さすがに現アジトは別の場所にあるだろうが、思いのほか近くで活動していたらしい。寿町は人の出入りが激しいから、住民に怪しまれにくいと考えたのかもな」

いつものカフェを避けたくなるのも、ムリはなかった。中華街の周辺に〈ドール〉の一味が残っている可能性だってゼロとは言えない。

「実行犯のほうは？」

「実はそっちは、ほぼ目星がついている」

エントランスの防犯カメラには、三人の男女が映っていた。そのうちエメラルドの女以外の二人の男は、現場に残された足跡や掌紋、近隣住民の証言などから、強盗事件に関わったことがほぼ間違いないという。

「じゃあ、少なくとも実行犯は捕まえられるってことだよね」

「ああ。その二人は、来週には逮捕できる」

ロンはほのかに安堵した。少なくとも、金品を強奪し、須藤を殺した犯人は捕まえられるのだ。だが欽ちゃんの顔は浮かない。

「言っておくが、本丸は〈ドール〉だ。そもそも〈ドール〉が強盗を企図しなければ、須藤さんは死ななかったんだから。それに指示役を捕まえなければ、また同じことが繰り返される。トクリュウは手足を潰してもダメだ。頭を叩《たた》かない限り、手足は無限に再生する」

まるで、得体の知れない怪物について話しているようだ。

先ほどの話で、語られていない点が一つあった。ロンは「確認だけど」と言う。

「三人のうち二人が実行犯だってことはわかった。だったら残る一人、南条不二子は今回の件に関わっていないと考えていいよね？」

「まだわからない」

欽ちゃんはこわばった表情を崩さない。

「でも、現場に南条不二子の痕跡は残されてなかったんだよね？」

「だからといって、関与していないとは言えない。監視役として同行したのなら、現場に痕跡がなくてもおかしくはない。見ていただけなんだからな。注意すれば、痕跡を残さずに立ち去ることは難しくないだろう」

欽ちゃんの説明はややムリがあるように聞こえたが、ロンは何も言わなかった。矛盾と言えるほどのことはないし、警察が南条不二子の捜査を継続してくれるのは望むところだ。それより、欽ちゃんの視野が狭まっているのが気になった。

「欽ちゃん、ちゃんと寝てる？」

「四、五時間は」

「あと二時間は寝たほうがいいよ。俺は毎日、八時間は寝てる」

「……検討する。それで、そっちはどうなんだ？　何か新しい情報あるか？」

「アリアリですよ、欽太センパイ」

ロンはにやりと笑い、スマホのメモ帳を起動する。重要なことはここに記録してある。

もったいつけるように咳ばらいをしてから、ロンは切り出す。

「清田先生に頼んで、昔、半グレ集団にいた人を三人紹介してもらった」

「あの頼りなさそうな弁護士、そんな人脈持ってたのか？」

——欽ちゃんも、あんまり頼りがいがありそうには見えないけど。

ロンは余計な一言を呑みこみ、話を続ける。

「うち二人は〈ドール〉とは関わりがなさそうだった。名前を聞いたこともないし、特殊詐欺は経験があるけど強盗はしたことない、って話してた。ちなみにどっちも三十代の男性ね」

二人は〈ドール〉との関係こそなかったものの、やはりトクリュウの一員だった。SNS経由で実行役に応募し、個人情報を押さえられ、指示役の正体を知らないまま犯罪に加担する——そうした点は共通していた。

「あと一人は？」

「俺と同い年くらいの男性。その人は仮名でWと名乗ってる」

ロンがWと会ったのは昨日のことだった。キャップを目深にかぶったWは、かつて「かけ子」をやっていたという。「かけ子」は特殊詐欺において被害者に電話をかける役目であり、「受け子」「出し子」に比べれば多少のスキルが要求される。

そこまで話して、欽ちゃんが「ちょっと待て」と言った。

「そいつ、罪を犯していながら捕まってない、ってことか？」

「そこはいったん大目に見てやって」

欽ちゃんはまだ不服そうだったが、追及はせず「それで？」と先を促した。

「結論から言うと、Wは〈ドール〉の組織で仕事をしたことがあった」

欽ちゃんの眉がぴくりと動く。

「事実なのか？　出まかせって可能性は？」

「裏は取れてないよ。ただ、こっちが言う前に〈ドール〉の名前が出てきたから、まず間違いないと思う」

Wへのヒアリングは難航した。聞き取りには応じたものの、消極的で何も話そうとしなかったのだ。それでも清田の力を借りて、どうにか口を開かせた。

「Wは去年の春から約半年間、〈ドール〉の傘下でかけ子をしていた。応募のきっかけはSNS。場所は指定されたアパートだったり、ワンボックスカーの車内だったり、その時々で違ったらしい。電話の名簿は毎回、その場所で〈統括〉と呼ばれる人から受け取っていたみたい」

ロンは以前、〈会社〉と呼ばれる特殊詐欺組織の摘発に関わったことがある。そこでも、末端のメンバーを管理する人物は〈支店長〉や〈エリアマネージャー〉といった名称で呼ばれていた。

「基本的に、Wが仕事で話すのは〈統括〉や他のかけ子くらい。ただ、一度だけ〈ドール〉と話したことがある」

　欽ちゃんは黙って耳を傾けている。

「去年の夏、Wはいつものようにアパートの一室へ来るよう指定された。行ってみると、そこには顔見知りの〈統括〉とかけ子が数名、それと知らない四十歳前後の男性がいたらしい。背が高くて、彫りの深い顔で、黒いニットを着ていた」

　ロンはメモ帳の記録を見つつ、Wの話を再現する。

「かけ子が揃ったところで、〈統括〉が興奮ぎみに男を紹介した。この人が組織のトップに立っている〈ドール〉さんだ、と」

　欽ちゃんの重たげな瞼が、かっ、と開かれた。

「〈ドール〉と会ったのか」

「ほんの二、三分だけど。〈ドール〉は簡単な挨拶だけして帰ったみたい。〈統括〉も会うのは初めてだったって」

　直後、つかみかかりそうな勢いで欽ちゃんが顔を寄せてきた。

「Wの連絡先、教えろ」

　そう来ると思った。ロンはたじろぐことなく、幼馴染みの顔を見返す。

「言えない。警察には連絡先を教えない、って約束だから」

Wには露見していない犯罪歴がある。そのため自分の身元は絶対に警察には明かさないこと、というのがヒアリングの条件だった。

「ふざけるなよ、ロン。お前が相手でも、許せることと許せないことがある」

「こっちのセリフだよ。たとえ欽ちゃんが相手でも、警察官である以上は話せない」

「いい加減にしろ。〈ドール〉と直接会った人間が、どれだけ稀少《きしよう》な存在かわかってるのか。その犯罪者との約束と、トクリュウの壊滅と、どっちが大事だ？」

「約束は約束だから」

二人の視線が正面からぶつかり合う。

欽ちゃんがこの事件の捜査にかけている気持ちはわかる。だがロンも譲る気はなかった。ここでWとの約束を反故《ほご》にすれば、きっと大事なものを失う。〈山下町の名探偵〉としてそれは許せない。

「だから、似顔絵を持ってきた」

ロンは持参したリュックサックから一枚のイラストを取り出した。決して上手《うま》いとは言えないが、顔や身体の特徴が細かく描きこまれている。欽ちゃんが「これは？」と目を細める。

「記憶を頼りに、Wに描《か》いてもらった」

「……これで捜査しろ、と？」

「俺にできるのはここまでだよ」

欽ちゃんはしばしイラストを眺めてから、舌打ちをした。

「もらっていくぞ」

ひとまず、この場は収めることにしたようだ。ロンは内心ほっとする。ぬるくなったジンジャーエールを飲んだ。さっきよりも甘みを強く感じる。

「実は俺、意外だったんだよね」

「何が？」

「なんか……みんな、普通の人だった」

半グレ集団にいたという人々は、三人ともごく普通だった。半グレという名称から安直に想像されるような荒くれ者は一人もいなかった。悪人への境界線は、思っているより曖《あい》昧《まい》なのかもしれない。

「だから怖いんだよ」

欽ちゃんもストローに口をつけ、一気に中身を飲んだ。

「……甘みが足りない」

氷で薄くなったジンジャーエールでは、重度のストレスは癒やせないらしい。ロンは「甘いけどね」とつぶやき、再びストローをくわえた。

連絡は、何の前触れもなくやってきた。

平日の午後、法律事務所で作業をしていたロンのスマホが震動した。匿名メッセージアプリを経由した着信で、かけてきたのは見知らぬアカウントだった。にわかに緊張が高まる。このアプリを経由するということは、おそらく闇バイト絡みだ。

ロンは清田に断ってから外に出て、受話ボタンをタップする。

「もしもし？」

「……もしもし。小柳さん？」

ロンは息を呑んだ。それは、先日カラオケボックスで聞いたばかりの声だった。

――〈ドール〉。

トべに身分証の写真を送ってから数日、先方からは何の音沙汰《おとさた》もなかった。まさか〈ドール〉本人から連絡が来るとは。

「……小柳さん？　聞こえる？」

「あっ、すみません。大丈夫です」

答えながら、ロンはあらかじめ入れていた通話録音アプリを起動する。これで以後の会話は録音されるはずだ。

「……この番号、小柳さんで合ってるよね？」

「はい、小柳ですけど。えっと、そちらは？」

「……〈ドール〉って呼んでくれれば結構です。この間、トベさんと話した時に色々聞いたと思うけど」

やはり、本人だ。スマホを持つ手に力がこもる。

「……今度、タタキの案件があるからお願いしたくて」

「強盗に入る、ってことですか」

「……伏せて話してるんだから、そっちも伏せてよ」

電話の向こうから苦笑が聞こえた。電波の調子が悪いのか、〈ドール〉との会話は妙に間が空く。

それから〈ドール〉は日時や集合場所、当日の注意点などを述べた。集合は午後四時に、川崎市内のある橋のそばで。当日は目立たない服装で、動きやすいスニーカーを履いてくること。道具や詳しい動き方は、その場で別の者から説明がある。報酬は現金で三十万円。

途中、ロンは電話の向こうから聞こえる雑音に気が付いた。注意深く聞いてみたところ、ピンときた。重機が動く音だ。近くに工事現場があるのだろう。もしかすると〈ドール〉の居場所を突き止める手掛かりになるかもしれない。

「……質問は？」

そう言って〈ドール〉は簡潔な説明を終えた。訊きたいことは山ほどあるが、素直に答えてはくれないだろう。ロンは的を絞ることにした。

「トベさんから、捕まる心配はないって聞いたんですけど。本当ですか」

「……本当だ」

「それは、〈ドール〉さんが捕まらない、って意味じゃないんですか？」

これまで海老名や大和、鶴見で起こった事件では、実行犯はすべて逮捕されている。指定された場所にノコノコと参集した者たちは、捕まることがなかば確定している。だが、指示役だけは安全圏にいられる。

ひときわ長い沈黙のさなか、電話の向こうから航空機のジェット音が聞こえた。〈ドール〉はひそやかな声で答える。

「……何か知ってるのか？」

「別に。俺は捕まるのが嫌なだけです」

「……きみの個人情報はすでに握っている。今さら降りることはできない。従わなければ、相応の対応をすることになる」

「どんな対応を？」

回答はなく、一方的に通話は切られた。

ロンは通話が録音できていることを確認してから、先ほどの会話を反芻《はんすう》する。〈ドール〉が指示した日程は、三月最後の日だった。

――さあ、ここからどうするか。

録音した音声は欽ちゃんに共有するつもりだった。警察ならこのデータを有効活用してくれるだろう。ただ、任せきりにするのはもったいない。せっかく〈ドール〉の音声が手元にあるのだから、何か他にできることは――

――そうだ。

一つ思いついたことがあった。路上で電話をかけると、相手はすぐに出た。

「ロンじゃん。どしたの」

「凪か？　ちょっと頼みたいことがあるんだけど……」

ロンは詳細を伏せたうえで、頼みごとを伝えた。凪はロンの気配を察したのか、詳しいことは訊かずに「たぶん、大丈夫」と応じる。

「サカキ次第だけど。後で訊いてみる」

「頼む」

通話を終え、ロンは法律事務所へ戻った。清田がパソコンから顔を上げ、「どうかしました？」と問いかけた。

「野暮用です」

ロンは清田に背を向け、何食わぬ顔で作業に戻る。壁にかけてあるもらいもののカレンダーが視界に入った。

三月は、残すところあと五日だった。

＊

午後十時過ぎ。取り調べを終えてデスクに戻ると、ちょうど警電がかかってきた。

「はい、岩清水です」

「やってるな」

声の主はすぐにわかった。

「どうかしましたか、田宮さん」

「今日の取り調べは終わったか？」

警察の取り調べは、午前五時から午後十時までの間で、一日八時間以内と定められている。俺は夜に取り調べをやることが多く、田宮さんはそれを知っていてこの時間にかけてきたのだろう。

「さっき終わったところです」

「お疲れさん。俺もだ。取り調べばっかりやってると、この世には悪人しかいないんじゃないかって気がしてくるな」

本題を切り出そうとしない田宮さんに、少しイラついた。ただでさえこっちは一日働いてクタクタなのだ。相手が恩人とはいえ、いつでも愛想よく振る舞えるわけじゃない。

「何か用ですか？」

「落ち着けよ。言ってるだろ、焦るなって」

田宮さんは俺を試すように、のんびりと話す。

「鶴見の強殺、実行犯が逮捕されただろ。あれの取り調べ、誰が担当だ？」

「自分ですが」

「おっ、そうか。なら話が早い」

話が見えない俺に、田宮さんは軽快な口ぶりで説明する。

「川崎市内で、〈ドール〉たち指示役のアジトと思しき住居が見つかった」

「本当ですか！」

つい、フロアに響くほどの大声を上げていた。隣席の先輩からにらまれ、頭を下げる。

「……それで、住所は？」

「ちょっと待て」

田宮さんが電話口で読み上げる番地を、すばやく書き取る。

「これ、どうやってわかったんですか」

「地域課の若いやつが巡回中、特殊詐欺に関わる会話をしている連中を見つけた。そいつらをマークしたところ、当該アパートに入っていくのを複数回確認した。この間、お前が見せてくれた謎《なぞ》のイラストあるだろう」

「ああ、あれ」

ロンがWという協力者に描かせた似顔絵だ。出所はごまかしつつ、田宮さんをはじめ警察内部の数人に共有していた。

「俺は確認していないが、どうも、あの絵に似た男も出入りしているらしい」

「〈ドール〉ですよ、それ。間違いない」

いったん落とした声のボリュームが、再び大きくなる。

開きっぱなしのノートパソコンに表示された日付が、ふと視界に入った。今日は三月三十日。俺が県警本部の捜査一課にいられるのは、明日まで。タイムリミットはすぐそこまで迫っている。

「すぐに踏みこみましょう」

「待てよ。そんなつもりで電話したんじゃねえ。取り調べの材料として使えってことだ。だいたい、踏みこむより先に捜査本部に情報提供するべきだろ。気持ちはわかるけど、仮に逃がしたら大失態だぞ。明日明後日でやるようなことじゃない」

田宮さんは俺の胸のうちを見透かしていた。しかしこっちも、やすやすと引き下がるわけにはいかない。

「トクリュウの壊滅は一分一秒を争うんじゃないんですか?」

「壊滅に失敗したらどうするんだって話だ」

「そんなこと言ってたら逃げられますよ。こっちの内偵にいつまでも気づかないほど、向こうもバカじゃない。勘付かれたらそれこそ大失態ですよ」

「別に来年やろうって言ってんじゃねえよ。ただ、体制を整える時間は要る」

田宮さんとの押し問答はしばらく続いた。このままでは埒《らち》があかない。

鶴見や川崎の警察署ならともかく、加賀町警察署に異動すればこの案件には手が出せない。須藤さんの死を招いた〈ドール〉を捕まえることは、俺にはもうできなくなる。

——最悪、俺一人でも。

幸いというべきか、アジトの場所は田宮さんが教えてくれた。あとは適当な理由をこしらえて、任意で引っ張ればいい。絶対に怒られるが、構うものか。自分の手で須藤さんの敵を討つことができるなら。

「……わかりました」

重々しく答えると、田宮さんは「お前」と呆れるように言った。

「それ、わかってない時の返事だろ」

「そんなことないです」

「いいか。ちゃんと捜査本部に上げてから動けよ」

田宮さんは念を押してから電話を切った。きっと田宮さんは、俺だけでなく他の捜査員にもさっきの情報を渡すだろう。万が一俺が情報をせき止めても、確実に捜査本部まで届くように。だから俺が黙っていようが、明日には〈ドール〉のアジトが県警内に知れ渡る。そしてまず間違いなく、即突入という判断にはならない。おそらくターゲットの行動確認を行い、生活パターンを把握し、足場を固めたうえで一斉検挙を狙うはずだ。来月中には踏み込むかもしれないが、それでは遅い。

俺にはあと一日しか残されてない。

——焦らない。慌てない。諦めない。

田宮さんが教えてくれた、刑事の条件だった。

俺は今回、その条件を破る。焦った末の行動であることは事実だ。それでも俺はやらなければならない。他の捜査員が〈ドール〉を捕まえてくれる、という確証はあるか？　行動確認しているうちに逃げられはしないか？　もし、捜査の手が伸びていると悟られたら？

なぜか、南条不二子の面影が脳裏をよぎった。

最後に直接対面したのはロンの父親が亡くなる直前、俺が高校生の頃だ。生気のない顔で、関内駅前をふらふらとさまよっているのを見かけた。体調が悪いのかと思い、不安になった俺はとっさに声をかけた。

——大丈夫ですか？

振り返った南条不二子は、ふっ、と薄く笑った。

――あなたに何がわかるの？

そのまま彼女は路地裏へ去っていった。あの時考えていたのは、夫を死なせることか、あるいは……

いずれにせよ、南条不二子がロンの人生を壊したのは間違いない。あの女は母であることを放棄し、保険金を持ち逃げした。俺の瞼の裏には、今でもまだ意味深な薄い笑みが残っている。

南条不二子が〈ドール〉と関わりを持っている可能性も、ゼロではない。〈ドール〉を捕まえることは、須藤さんの敵を討つだけでなく、ロンの人生を取り戻すことにもつながるかもしれない。

深く息を吸い、ゆっくりと吐いた。腹は決まった。

明日、決着をつける。

＊

曇天の下、ロンはぼんやりと川面《かわも》を眺めていた。

スマホで時刻を確認する。間もなく指定された午後四時だ。しかしロン以外に、橋の周囲に集まる人影は見当たらない。それどころか人通り自体がまばらだった。

ここは住宅街の外れで、建ち並ぶ一軒家は多くが老朽化している。橋もあまり手入れがされていないのか、コンクリートに派手なひび割れがあった。河川敷は雑草が伸びきり、ペットボトルや空き缶が捨てられていた。

タタキ案件の集合場所は、ここで間違いないはずだった。だが四時を過ぎても、現れるのはゴミを漁《あさ》りに来たカラスだけである。

――騙《だま》されたか？

ロンは集合場所で他の実行犯の顔を確認した後、隙を見て逃亡する計画だった。本当に強盗に入るつもりは、さらさらない。ギリギリのところで離脱するつもりだ。しかし一向に〈ドール〉の手下は現れない。

四時を十五分過ぎて、ようやくそれらしき人物がやってきた。黒いキャップをかぶり、ブランド物のジャージを着た肥満体の男だった。気配から、一目でそうだろうとわかった。男はロンの前に立ち、くぐもった声で「名前は？」と言った。

「小柳龍一」

「集合場所、変更になったから」

遅れたことへの謝罪もなく、男はくるりと背を向けて歩き出した。ロンは黙って後をついていく。

男が向かった先にあったのは、黒のワンボックスカーだった。窓にはスモークフィルムが貼《は》られている。

その車を見た瞬間、二の腕の毛が逆立った。なぜか、と説明するのは難しい。いやな予感、としか言いようがなかった。強いて言えば、過去に経験した状況と似ていた。特殊詐欺の受け子を追い、連れ去られた時と。

――ヤバい。

ロンは無言で駆けだそうとした。だが、男が気付くのが先だった。剛力で右手首をつかまれ、顔が歪む。

「もう遅い」

そのまま腕を引っ張られる。男がスライドドアを開けると、車内からもう一人の男が外に出てきた。

「おい！　ふざけんな！」

抵抗も虚《むな》しく、力ずくで後部座席に押しこまれる。肥満体の男がポケットのスマホをつまみ上げ、回収した。ドアが閉まると同時に、運転席に座っていた男がワンボックスを発進させる。ロンは左右を男たちに挟まれていた。

「何やってるかわかってんのか、こら！」

絶叫するロンを無視するように、車内は静まりかえっている。何がどうなっているのか、さっぱり理解できない。

「タタキやるんじゃなかったのか？　あんたら、何者だ？」

「………」

「どこに向かってる？　〈ドール〉のところか？」

「………」

盛大な舌打ちをして、ロンは背もたれに身体を預けた。彼らは会話に応じる気がないらしい。ならば、どうにかして口を開かせる。

「この強盗計画は、すべて警察に把握されてる」

反応をうかがったが、誰も表情を変えない。ロンはさらに言い募る。

「俺がいなくなれば、警察がすぐに気付く。お前らもタダじゃ済まない。それがいやなら、すぐに解放して……」

肥満体の男が「黙れ」と制した。

「そんなことはわかっている」

「……わかっている？」

「タタキは中止だ。お前のせいでな」

ますますわけがわからない。ただ、強盗は中止らしい。なぜ？

ワンボックスは二十分ほど走り、マンションの駐車場へ入っていった。郊外にある、ごく普通のマンションに見える。強盗は中止なのだとすれば、ここは〈ドール〉たちのアジトだろうか。男たちに囲まれ、マンションの内部へと足を踏み入れながら、ロンは記憶を掘り起こす。

——三年前の再現だな。

かつて特殊詐欺集団にさらわれた時と同じ展開だとするなら、この後、ロンは命の危機にさらされることになる。だが、今回は切り札を残してある。

欽ちゃんだ。

今日の午後四時、例の橋で集合することは欽ちゃんに伝えてある。スマホにも位置情報アプリを入れてあり、ロンの居場所は常に欽ちゃんが把握できるようになっている。スマホはさっき取り上げられたが、電源を切られた様子はない。詰めが甘い。おそらく欽ちゃんは今頃、ここへ向かっているはずだ。

強盗計画の中止は予定外だが、結果として警察にアジトの場所を教えることになる。結果オーライだ。あとは、欽ちゃんが到着するまで何とか時間を稼げばいい。

暗い外廊下を抜け、一階の角部屋に通された。肥満体の男がカードキーでロックを解除し、ドアを開ける。

「入れ」

先頭で入室するよう促され、渋々足を踏み入れる。玄関からまっすぐに廊下が延び、左右にドアがあった。右は寝室、左はユニットバスのようだ。突き当たりにもドアがある。

磨りガラスの向こうから、男たちの下卑た笑い声が聞こえる。靴を脱ごうとすると、「履《す》いたままでいい」と後ろから言われた。

「小柳龍一を連れてきました」

ワンボックスを運転していた男が、声を張りあげた。笑い声がぴたりと止む。

「どうぞ」

ロンは息を呑んだ。ドアの向こうから聞こえてきたのは、〈ドール〉の声だった。

「小柳くん、こっちおいでよ」

続けて、〈ドール〉の声がロンを誘う。後ろから小突かれ、ロンは否応なくドアノブに手をかけた。手のひらは汗でぐっしょりと濡《ぬ》れている。

思いきってドアを押し開ける。向こう側はリビングダイニングになっていた。入って右手にはキッチンがあり、左手にはソファが置かれている。そこにいる面々の顔を見た瞬間、ロンは絶句した。

――ここに〈ドール〉がいる。

コの字に配置されたソファの真ん中に、手足を縛られた男が転がっていた。口には粘着テープを貼られ、顔の左半分が暗紫色に腫《は》れあがっている。スーツを着たその男は、ぼさぼさの頭に眠たげな目をした幼馴染みだった。

「……は？」

なぜ、欽ちゃんがここにいるのか。〈ドール〉のアジトの場所を知っていたのか？　だとしても、なぜ一人でこんなところに……

混乱するロンを面白がるように、ソファに座った連中がくすくす笑っている。三十代から四十代と見える男が、三人。そのなかには、Wが描いた似顔絵と同じ特徴の男がいた。彼が〈ドール〉で間違いなさそうだ。

「びっくりした？」

立ち尽くすロンを前に、〈ドール〉は愉快そうに言う。

「小柳くん。きみ、このお巡りさんの仲間でしょ？」

「…………」

「困るんだよね、やる気のない人に参加されると。おかげで今日の計画、中止することになっちゃったじゃん。きみを連れてきた三人は、もともとタタキに参加する予定だった人たちだよ。急遽《きゅうきょ》、仕事内容を誘拐に切り替えてもらったけど」

ロンは肥満体の男たちを振り返る。三人とも陰険な目でロンを見ていた。

「仕事がキャンセルになったから、皆、怒ってるよ。きみのせいだ」

「ちょっと、何を言ってるのか……」

「最近、半グレ集団について調べ回ってたでしょう？」

そう言って〈ドール〉が挙げたのは、Wの本名だった。ロンは愕然《がくぜん》とする。

「どうして……」

「きみらはあいつが足抜けしたと思ってるみたいだけど、半グレってそんな簡単に辞められるもんじゃないんだよね。勤め先も、家族の情報も握ってるから。俺らのことを嗅《か》ぎまわっている人間がいたら、逐一報告するよう手なずけてある。小柳龍一って名前聞いて、びっくりしたよ。今度タタキに加わるやつじゃん、って」

——そういうことか。

強盗計画を直前で中止した理由はわかった。ロンがおとりであることはとっくに見抜かれていたのだ。しかし、なぜ欽ちゃんがここに？

「こいつは完全に予定外」

ロンの視線を追うように、〈ドール〉は欽ちゃんの背中を蹴った。

「昼過ぎにいきなり訪ねてきて、任意で警察署に来いっていうから、最初は断ったんだよ。でもいなくなる気配がなかったから、実力でお帰りいただこうとしたんだけどね。それでも引き下がってくれないから、仕方なく、ね」

フローリングに横たわった欽ちゃんの目は、虚《うつ》ろだった。別の男が「背中、まだ痛《いて》えのよ」と嘆く。

「三人がかりでなんとか勝てたけど、ちょっとヤバかったね。俺は投げ飛ばされるし、あいつは意識落とされそうになるし。でもいくら強くても、三対一じゃ勝ち目ないよねえ。

ていうか、警察官って一人で行動していいの？」

ロンは男の饒舌《じょうぜつ》さに苛立ちながら、場違いなことを考えてもいた。

――欽ちゃんって、そんなに強かったのか。

〈ドール〉が後を引き取り、話を続ける。

「このお巡りさんが全然口割ってくれなかったんだけど、スマホを覗いてやっとわかったよ。着信履歴に〈小柳龍一〉の名前があった。要はきみら、グルなんだろ？　警察がおとり捜査なんかやっていいわけ？」

〈ドール〉の手のなかに、欽ちゃんのスマホがあった。おそらく、強引に指を取って指紋認証を突破したのだろう。

「……カスが」

反射的に、ロンはつぶやいていた。〈ドール〉は笑みを深める。

「カスはお互い様でしょ。俺らは違法行為やってるけど、そっちも違法捜査やってるんだから。どっちもどっち」

ふいに、窓の外から航空機のジェット音が聞こえてきた。つられるように〈ドール〉が振り向く。その時ロンは初めて、〈ドール〉が片耳にワイヤレスイヤフォンをはめていることに気付いた。

――ん？

ある仮説が頭をよぎった。が、今はそれを確認している場合ではない。

「とりあえず、寝かせてやって」

〈ドール〉が告げると、ロンの周囲にいた三人の男たちが動いた。肥満体の男に羽交い締めにされ、粘着テープで口をふさがれる。両手両足もテープで固定された。身動きが取れなくなった状態で、欽ちゃんの横に転がされる。切り札だったはずの幼馴染みは、弱々しい視線でロンを見返した。

「おそろいだね」

イヤフォンに指を当てながら、機嫌よさそうに〈ドール〉が言った。

「さあ、これからどうしようか」

＊

目の前に、イモムシが二匹転がっている。

本当はすぐにでも蹴って殴って、ボコボコにしてやりたい。だが許可が出ていない以上、勝手な手出しはできない。

〈聞こえる?〉

ワイヤレスイヤフォンから女の声が流れ出した。

〈いったん、別の部屋に行ってくれる?〉

　俺は左右の仲間に目配せをしてから、無言で部屋を出る。岩清水という警察官と小柳が、怪訝そうに俺を見ていた。だがどうでもいい。ドアを閉じてユニットバスに入ってから、懐のスマホを取り出す。

「移動しました」

〈どっちのほうが、簡単そう?〉

「岩清水は格闘技の心得があります。小柳のほうがラクです」

〈なら、そっちから始末して〉

「方法とか、指定ありますか?」

〈できるだけ時間をかけないで。警察が来る前に、さっさと終わらせて〉

「わかりました」

　スマホを懐にしまい、リビングダイニングに戻る。この場には男ばかり八人がいた。指示役は俺を含めて三人。実行役として集めたのが三人。それと、床に寝転がっているのが二人。

「先に小柳くんからいこうか。できるだけ時間をかけずに。やり方はきみらにまかせる」

　俺は、でっぷり太った男の肩を叩いた。「はい?」と戸惑った声が返ってくる。

「全部言わなきゃダメ? きみら三人で殺してってこと。五分以内によろしく」

実行役の三人は、驚いたように顔を見合わせた。俺はスマホのタイマーで五分をセットする。

「ほら、もうカウントダウンはじまってるよ。あと四分五十二秒。五分過ぎたら、一分ごとに報酬減額ね」

弾《はじ》かれたように、三人が相談をはじめた。他人に命令するのは気分がいい。こいつらは高額の報酬を目の前にぶら下げられ、しかも個人情報を握られている。ムリな要求でも、やらないという選択肢はない。

もっとも――階層が異なるというだけで、俺も同じ立場ではあるが。

「ほらあ、残り四分切ったよ。大丈夫？」

窓の外からまたジェット音が聞こえた。先月からはじまった工事の作業音もやたらとうるさい。このマンションは入居率が半分以下らしいが、原因はきっと騒音だ。

太った男も、同じく窓の外を見ていた。何か思いついたのか、おずおずと「すみません」と切り出す。

「外に落ちてるコンクリートのブロック、使ってもいいですか」

たしかに、狭苦しい庭にはブロックがいくつか転がっていた。

「どうぞどうぞ」

すると、三人はジャンケンをはじめた。誰が手を汚すか決めるらしい。二度のあいこの末に、例の太った男がチョキで負けた。俺は「早く早く」と急がせる。男は渋々といった足取りで、コンクリートブロックを取ってくる。

巨漢は小柳の頭の横にしゃがみこんだ。小柳の目は明らかに怯えている。何かを叫んでいるが、テープで口をふさがれているせいで声にはならない。

「残り二分」

男はブロックを手にしたまま、額に汗を滲ませ、固まっていた。さすがに人殺しはそう簡単にできないようだ。

「あと一分しかないよ」

俺を含め、指示役たちはにやつきながらその光景を見ている。他人が葛藤《かっとう》する姿を見るのは悪くない気分だ。

「残り三十秒」

男の顔が赤い。呼吸が荒くなってきた。両手で手にしたブロックを振りかぶる。

「十秒。九、八、七……」

男は言葉にならない雄たけびをあげる。小柳の目が恐怖に見開かれる。

「三、二……」

勢いよく振り下ろされたブロックは、一秒後、小柳の頭蓋骨《ずがいこつ》を粉々に砕く——ことはなかった。

直前で岩清水が小柳を蹴り飛ばしたせいで、ブロックはフローリングに叩きつけられた。がん、と耳を覆いたくなるような音がこだました。俺はつい、言葉を失った。

――どうやったんだ？

岩清水の手足は頑丈に縛っている。相当な身体能力がなければ、その状態で小柳を蹴り飛ばすことなどできないはずだ。とっくに戦意は奪ったはずなのだが。隣を見ると、仲間の顔も凍りついていた。

「変更、変更。先にそいつを殺せ」

俺は岩清水を指さし、ついでに顔を蹴り上げてやる。こんな状態で抵抗しようとしても、ムダだ。それをわからせたつもりだった。

だが蹴り上げた直後、口をふさいでいた粘着テープがかすかにめくれた。次の瞬間、ぷっ、と岩清水はテープを吹き飛ばす。裏側を唾液《だえき》で濡らし、粘着力を弱めていたらしい。

「やっとか」

やつは、そうつぶやいた。背筋に寒気が走る。

口を解放された岩清水は両手に巻き付けていた粘着テープに犬歯を突き刺し、ものの二、三秒で食い破った。両手が自由になると、あっという間に両足に巻いていたテープを剝《は》がしてしまう。

「おい、こいつ……」

左に座っていた仲間が途中で言葉を切った。岩清水に投げ飛ばされたせいだ。ソファに座っていた仲間は右腕を引っ張られ、背中からフローリングに叩きつけられた。まともに後頭部を打ったせいか、頭を抱えている。岩清水はそれを冷静に見下ろしていた。

——嘘だろ。

太った男が、叫びながらコンクリートブロックを振りかぶった。そのまま殺せ、と念じる。が、岩清水は悠々と男の手首をひねりあげ、ブロックを落下させた。空いているほうの手で窓を開け放し、流れるように巨漢をベランダへ投げ飛ばした。どん、と重いものが落ちた音がする。

「……はあ？」

岩清水は立て続けに実行犯二人の手首をひねり、その場に伏せさせた。猛然と戦闘をはじめた岩清水を前に、やつらは完全に戦意を削《そ》がれている。

「逃げるなよ」

二人にそう言い残し、岩清水はこちらに振り返った。右隣に座っていた仲間が神妙な顔つきで立ち上がる。

「本気でいくわ」

そうだ。こっちにはまだこいつが残っている。

指示役の一人であるこの男は、かつて地下格闘技の王者になった経験もある。そこらにいる乱暴者とはモノが違う。岩清水は気負いのない歩調で、すたすたとこちらに近づいてきた。

「来い、来い。どこでも殴れよ」

ファイティングポーズを取った仲間が岩清水を挑発した。殴れよ、というのは彼がよく使う誘い文句だ。相手のパンチを誘発しておいて、こっちはよりリーチの長い蹴りを繰り出すつもりなのだ。

「ほら。さっさと殴ってみろ」

次の瞬間、挑発に乗った岩清水が右拳《こぶし》を振るった。上半身を殴るつもりだ。それより一瞬早く左足で蹴る——はずだった。前方に繰り出された左足は、なぜか岩清水に抱えこまれていた。

——あれ？

パンチを繰り出すように見えたが、フェイントだったらしい。仲間の左足をつかんだ岩清水は、無表情で股間《こかん》に強烈な蹴りを入れた。うめきながら、元地下格闘家はソファの横に崩れ落ちる。

「はい終了」

岩清水がつぶやいた。五分前まで想像もしていなかった惨状が、目の前に広がっている。五人の男たちが倒され、無事で残っているのは俺だけだ。岩清水は小柳の口からテープを剥がしながら問いかけてくる。

「まだやるか？」

やれるはずがなかった。両手を掲げ、無抵抗の意思を示す。口が自由になった小柳が、俺に向かって叫ぶ。

「そのイヤフォン、どこにつながってる？」

答える義理はない。黙っていると岩清水が近づいてきて、俺の左手首を取った。

「言え」

岩清水が力をこめると、恐怖で視界が狭くなった。ひとりでに口が動く。

「〈ドール〉とつながっている」

白状すると、岩清水が目を見開いた。

「お前が〈ドール〉じゃないのか？」

「そんなこと、俺は一度も言ってない。俺は外と連絡を取ったり、実行役に指示を出す時に〈ドール〉の代弁をしているだけだ」

一方、小柳は合点したような表情だった。

「だから通話してる間、変な間が空いたのか」

そうだ。通話時、俺はイヤフォンで〈ドール〉の言葉を聞きながら、その通りに話をしているに過ぎない。時おり、あえて実行犯の前に姿を見せることもある。すべては俺が、

〈ドール〉だと誤認させるためだ。〈ドール〉は注意深い。絶対に身元が露見しないよう、容貌《ようぼう》を見せないことはもちろん、声すら指示役以外には聞かせない。

「あんたはそれでいいのか？ 〈ドール〉のおとりに使われてるんだろ」

小柳の素朴な疑問に、俺は答えてやる。

「よくはないけど、仕方がない」

「……は？」

「従わなければ、家族を襲われる」

俺が〈ドール〉と出会ったのは一年前だ。SNS経由で特殊詐欺に手を染めた俺は、立ち回りのうまさを認められ、指示役に昇格した。その時に初めて〈ドール〉と対面し、以後、代役となるよう指示された。最初は拒絶した。そんな面倒なことやっていられないし、だいたい俺の逮捕リスクが上がる。だが、〈ドール〉は俺に妻や子どもがいることを知っていた。断れば実行犯を集めて襲撃させるという。そう言われて、従わないわけにはいかない。

以後、俺は〈ドール〉の代役を果たしてきた。だがそれも今日で終わりのようだ。

俺に抵抗の意思がないとみると、岩清水は手首から手を放した。

「欽ちゃん、これ取ってよ」

小柳は固定された手足をもぞもぞと動かしている。岩清水はしゃがみこんで、テープを剝がしはじめた。

「ていうか、欽ちゃんあんなに強かったの？」

「昔、ネットワークビジネスの連中に痛めつけられたことがある。それ以来、武道はずっと習っている。あんな惨めな思い、二度としたくないからな。それに普通の警察官ならあれくらいのことはできる」

「……そうかな？」

二人は緊張感に欠けた会話をしている。呆然と見ているうち、遅ればせながら俺は自由の身であることに気付いた。小柳が寝転んでいる場所からは一メートルほど離れている。走れば、追いつかれる前に玄関から逃げられるんじゃないか。

迷ってるヒマはない。

俺は即断した。何気なく立ち上がり、横目で二人がこちらを見ていないことを確認してから、一気に駆け出した。

「欽ちゃん、後ろ！」

先に察知したのは小柳だった。岩清水は「え？」とのんびり振り返る。あれだけ戦闘能力が高いのに、妙に抜けたやつだ。おかげであっという間に玄関までたどりついた。ドアを押し開け、隙間から外へ脱出し、外廊下を走り抜ける。

成功だ。どくどくと心臓が鳴る音を聞きながら、喜びに口元がほころんだ。このまま全速力でマンションを離れ、適当なところでタクシーでも捕まえればいい。家族のためにも、俺はまだ捕まるわけにはいかない。

マンションから外の通りに出ると、若い男の集団とすれ違った。先頭を歩いていた坊主頭の男が怪訝そうに俺を見た。

「マッ! どうにかしてそいつ捕まえろ!」

小柳の絶叫が響いた。マンションの外廊下からこちらに向かって叫んでいる。坊主頭の男が「なんで?」と問い返す。

「似顔絵の男だ! 早く!」

その直後、背後から猛然と足音が近づいてきた。おそるおそる振り返ると、例の坊主頭がすぐ後ろまで迫っている。

「嘘だろ……」

最初につかまれたのは左肩だった。そのまま左腕をひねりあげられ、あまりの痛みに叫び声が出る。足を止めると、上から押し潰されるように力をかけられた。膝《ひざ》を折り、顔を地面に擦りつけられる。

「痛い、痛い、痛い!」

「悪いな。連れの頼みだから」

脱出しようともがく俺の目の前に、二人の男がしゃがみこんだ。一人は長身で、手首からトライバルのタトゥーが覗いている。もう一人は首筋に獅子《しし》の刺青《いれずみ》が入っていた。凄《すご》みの効いた視線を向けられ、途端に戦意が萎《な》える。

「……勘弁してください」

俺はようやく悟った。ここは完全に、行き止まりだ。

*

「……すみません。よろしくお願いします」

通話を切ると、どっと疲れが押し寄せた。署への連絡は済ませた。後は応援が来るのを待つだけだ。

あらためて部屋を見渡す。実行犯三名と指示役三名の計六名が、リビングの片隅でうなだれていた。部屋にいた半グレ集団の連中はこれで全員だ。逃亡者が出なかったのはマツたちのおかげだった。

当のマツは傍らでスマホをいじっている。その隣には、グッド・ネイバーズの樹《いつき》とBB《ビービー》もいた。拘束から解放されたロンは、BBと新譜についての話で盛り上がっている。

「なあ、そろそろ訊いていいか？」

マツに問いかけると、「えっ、俺？」と顔を上げた。

「なんか訊きたいことある？」

「当たり前だろ。お前、どうしてここが指示役たちの居所だとわかった？」

「俺から説明する」

横からロンが割って入った。

「〈ドール〉との通話データ、あっただろ。あそこに入ってた音を解析してもらった」

「声ってことか？」

「違う。後ろから聞こえる環境音のこと」

あのデータには、ジェット音や工事の騒音が記録されていた。ロンはそういった環境音を解析することで、居所を突き止められないかと考えた。そのため、まずは音の専門家である凪に相談したという。

「グッド・ネイバーズのサカキには、前にも通話記録の解析をお願いしたことがあった。サカキは環境音から、航空機の発着場――おそらく羽田《はねだ》空港が近くにあることを突き止めた。さらに、ジェット音が聞こえた時刻と航空機の離発着の時刻を照らし合わせて、おおよその位置も割り出してくれた」

「でもその情報だけじゃ、まだ広すぎるだろ」

「それだけならね。加えて、近くで工事をやっているという情報もあった。調べてみると、クローラードリルという重機の音が入っていた。ちょっと変わった機種らしくて、使っている工事現場は限られる。そこまで絞りこめれば十分だ。後は近くで〈ドール〉が通りかかるのを待っていれば、おのずと居場所は割れる。〈ドール〉の顔はだいたいわかってたからね。まあ、実際は代役だったけど」

「そんで、その調査役を俺が請け負ったってこと」

マツは樹やBBと視線を交わしつつ、あからさまにため息を吐く。

「大変だったんだからな。昨日、いきなりロンから電話がかかってきてさ。理由は言えないけど、この辺で人を探してくれ、って。下手な似顔絵一枚渡されて。バイトは急遽休むことになるし……俺だけじゃ絶対ムリだから、この二人にも声をかけた」

BBが軽い調子で「そういうこと」と応じ、樹は黙ってうなずいた。ロンは俺の目を見ながら首をすくめる。

「今日、つまり強盗計画の当日なら、絶対に〈ドール〉はアジトに来る。その確信があったからマツに依頼した」

「まさか、半グレの幹部とは思わなかったけどな」

「言えなかったんだから、しょうがないだろ」

「また後でヒナに怒られるぞ。なんでわたしに言わなかったの、って」

ロンはしかめ面を返した。

あいかわらず、こいつらのやっていることは無茶苦茶だ。計画性に乏しく、行き当たりばったりで危なっかしい。それでも毎度なんとかなってしまうのは異常に運がいいのか、それとも、常人とは違う何かを持っているのか。

少なくとも、〈山下町の名探偵〉の実力は認めざるを得ないらしい。

——ディテクティブ。

それは、「探偵」と「刑事」の両方を意味する言葉だった。大事なもののために、力を尽くして捜査する。その意味において、探偵と刑事はまったくの相似なのかもしれない。

「ロンから聞いたけど。欽ちゃん、強いんだって?」

マツがにやにや笑いながら尋ねてきた。年長者への敬意などまったく感じない。

「だから、普通だって」

「あれは普通じゃないだろ、どう考えても」

ロンが口をとがらせる。たしかに柔道は四段、逮捕術は上級だが、それくらいの者は警察内部にいくらでもいる。運動神経は人よりちょっといいかもしれないが。

「それにしても」

手のなかのスマホを見やる。先ほど〈ドール〉の代役から取り上げたものだ。彼はワイヤレスイヤフォンを通じて、本物の〈ドール〉からリアルタイムで指示を受けていたという。もちろん通話はとっくに切れている。

「なあ」

萎えきっている〈ドール〉の代役に声をかけた。彼は静かに顔を上げる。

「なにか？」

「南条不二子、って知ってるか？」

ダメ元の質問だった。応援が来るまでの退屈しのぎと言ってもいいかもしれない。案の定、相手は首をかしげて「南条？」と言った。

スマホに保存してあるデータをいくつか見せた。地面師詐欺事件の時に作成した似顔絵や、過去の南条不二子が写った写真。そしてエントランスのカメラ映像から切り抜いた、ネックレスをした女の画像。相手はじっと画像を見てから、とまどいぎみに口を開いた。

「顔はわかんないけど……そのデザインのネックレスをした女なら会ったことがある」

そう言って、エメラルドのネックレスを指さした。

――来た。

まさかの収穫だ。ロンのほうを振り返る。会話を聞いていたらしく、固唾《かたず》を呑んでこちらを見守っている。すぐさま正面に向き直った。

「で？　その女は、誰だ？」

「……〈ドール〉」

脳天が痺れるような衝撃だった。

南条不二子が〈ドール〉の正体。いや、まさか。〈ドール〉は半グレ集団の元締め的な存在だ。一介の詐欺師だった彼女にそんな芸当ができるだろうか。それに、今日のことはどう理解すればいいのだろう。〈ドール〉は、まずロンの息の根を止めるよう指示を出したはずだ。〈ドール〉の正体が南条不二子だとして、実の息子を殺すような指示を出すだろうか？

そこまで考えて、俺の頭の芯は冷たくなっていた。

――あの女ならやりかねない。

生まれついての悪人などいない。ただ、あの女だけは例外かもしれない。俺の沈黙を別の意味だと捉えたのか、〈ドール〉の代役は怯えた顔でべらべらと語りはじめた。

「直接会ったことは一度しかないんだ。だから確証はない。それにその時、向こうはサングラスとマスクをしていたから顔はわからない。もしかしたら、さっきの女かもしれないし、そうじゃないかもしれない」

「よく思い出せ」

「そう言われても、一年も前なんだよ。もう覚えてない……」

「思い出せ！」

ソファを蹴り飛ばすと、相手の身体がびくりと反応した。背後からロンが「欽ちゃん」と呼ぶ。固く厳しい声音だった。「すまん」と返すと、ロンは鼻から息を吐いた。

「仮に〈ドール〉が南条不二子だとすると、よくわからないことがある」

「なんだ？」

「鶴見の事件で、南条不二子らしき女は現場マンションに足を運んでいたよね？　ここまで徹底して身元を隠している〈ドール〉が、どうしてわざわざ姿を見せるような真似《まね》をしたんだと思う？」

言われてみればそうだ。電話の時ですらわざわざ遠隔で指示を出し、代役を立てて話をするくらいなのに。

——どういうことだ？

思いついたのは、二通りの可能性だった。一つは、〈ドール〉が南条不二子ではない可能性。もう一つは、〈ドール〉が南条不二子であり、何らかの理由で現場に足を運ぶ必要があった可能性。

「おい。〈ドール〉が自ら強盗計画に参加したことはあるか？」

指示役たちに尋ねると、揃って首を横に振った。

「あるわけないですよ。人前には絶対、姿を見せないですから」

「だったら、なんで……」

物思いにふけっていたロンは、やがて顔を上げ、はっきりと言った。

「挑発」

その口調は確信めいていた。

「おかしいと思ってたんだよ。事件が起こったのは海老名、大和、鶴見、川崎と、神奈川県内ばかりだ。もっとばらけていてもおかしくないのに。というか、警察の捜査を攪乱《かくらん》させたいならそうするべきだ。しかも前のアジトは寿町にあったんだろ。電話で指示を出すなら、アジトは他県でも海外でも構わないはずなのに」

「……それはそうだな」

「〈ドール〉は横浜とその近郊に、何らかの執着があるんだよ」

ロンの推測を聞いた俺は、首を縦に振るしかない。

俺たちは着実に南条不二子へと近づいているはずだった。それなのに、わからないことが次々と増えていく。見晴らしのいい道を直進しているはずが、いつしか迷宮に入りこんでいたようだ。この混乱も彼女が仕組んだ罠《わな》なのだろうか。

ふいに表が騒々しくなった。応援が到着したらしい。

とにかく今は、目の前の壁を一つずつ乗り越えるしかなかった。あといくつ壁を超えれば南条不二子にたどり着けるのか。それは誰にもわからない。ただ、どれだけ遠い旅路であっても、断念するつもりはなかった。

諦めないこと。

それこそが、刑事の条件のなかで最も重要なのだと思う。

＊

土曜の夜、「洋洋飯店」は満席だった。店内の片隅で、唐揚げや棒棒鶏《バンバンジー》、麻婆《マーボー》豆腐が所狭しと並べられたテーブルを四人の男女が囲んでいた。テーブルの周りには一つだけ空席が残されている。

「そんな怒るなって、ヒナ」

ロンの呼びかけにも応じず、ヒナはむくれた顔でウーロン茶を飲んでいる。

「……わたしだけ、仲間外れだった」

「そんなことないだろ」

「凪さんやマツには助けを求めたくせに、わたしにだけ内緒にしてた。わたしだけ信用されてないんだ。そうだよね、車いすの女がいたって足手まといになるだけだし。わたしなんかいなくても、ロンちゃんにはたくさん仲間がいるもんね」

久しぶりに、ヒナは自己嫌悪モードに入っていた。凪とマツは「なんとかしろ」という視線をロンに送る。

「その……まあ、黙ってたのは謝る。ごめん」

「もういいけどさ。欽ちゃんから黙ってるよう言われてたんでしょ。今回のケースだと、わたしにできることって正直あんまりなさそうだし」

気を取り直して麻婆豆腐を食べはじめたヒナに、ロンは内心ほっとする。

「それにしても遅いな、今日の主役」

マツがビールの入ったグラスを片手に出入口を見やる。ちょうどその時、引き戸が外から開けられた。くたびれたスーツに、鳥の巣のような頭。眠たげな目は店内をさまよっている。四人は一斉に手を振った。

「欽ちゃん、こっちこっち！」

呼び声に振り向いた欽ちゃんが、「おお」と近づいてくる。注文を取りに来たマツの母にノンアルコールビールを頼み、空いていた席に腰を下ろした。隣にはヒナがいる。全員の飲み物がそろったところで、マツが切り出した。

「じゃ、僭越《せんえつ》ながら。えー、四月一日から欽ちゃんが加賀町警察署に異動になったってことで、つまりは地元に帰ってきたわけで、今後は俺らと顔を合わせる機会もますます増えると思いますが……」

「なんでマツが仕切るの？」

凪が発した疑問の声も無視して、マツは音頭を取る。

「では欽ちゃんの新たな門出を祝して、乾杯！」

乾杯、の声が五つ重なり合う。

今夜は、欽ちゃんが加賀町署へ異動したことを記念して開かれた会だった。事件解決の打ち上げという名目にしなかったのは、ヒナへの配慮の意味もある。それに、欽ちゃんにとっては真の意味で「解決」とは言いがたい結果だった。指示役のトップである〈ドール〉は、いまだ身元すら明らかになっていない。

もっとも、南条不二子の影が見え隠れしているのは間違いないが。

「新しい職場には慣れた？」

マツが問うと、欽ちゃんは「まあな」と答えた。すでに四月に入って十日が経っている。

「刑事課って意味では同じだし、勝手はそんなに変わらない。ただ、署の周りの住民が知り合いばっかりでやりにくい時はある」

「今、どこに住んでるの？　どこかアパート借りてんの？」

「一人暮らしだったけど、実家に戻った。署から歩いて三分だからな」

「洋洋飯店」の隅で飲み食いしながら他愛もない話をするこの時間が、ロンはたまらなく好きだった。こういう時、欽ちゃんは多忙を理由に欠席することが多い。そのため今夜の会は余計に貴重だった。

「欽ちゃんは、ヒナの隣で緊張しないの？」

赤い顔をしたマツが勢いにまかせて欽ちゃんを茶化した。いつもならまず動揺する場面だ。しかし欽ちゃんは冷静なまま、「いや」と答えた。

「幼馴染み同士で緊張はしないだろ」

「まあ……そうだけど」

——なんか、いつもと違うな。

欽ちゃんは平然とヒナと言葉を交わしている。マツも何かを感じ取ったのか、さらに深く踏みこんだ。

「欽ちゃん、彼女いないんだろ。気になってる人とかいないの？」

「いない。出会いがないしな、この仕事」

まるでヒナのことなど眼中にないかのような素振りである。

欽ちゃんはヒナに好意を寄せている——というのが、これまでのロンやマツの認識だった。だがそれは、思い違いだったのかもしれない。あるいは、ヒナへの想《おも》いを断ち切ったか。当のヒナ自身は何もわかっていないのか、機嫌よく笑っている。

「欽ちゃんっていい人だし、すぐ彼女できそうだけどね」

ヒナの言葉に欽ちゃんは一瞬だけ視線を逸《そ》らしたが、すぐに「だといいな」と答えた。

——まあ、ライバルが減るのはいいことだけど。

ロンはカニ玉を頬張りながら、ひそかにヒナの横顔を盗み見る。彼女の黒髪は、店の照明を浴びて艶《つや》やかに輝いていた。

「良三郎さん、どうなんだ？　この間帰ってきたんだろ？」

　欽ちゃんの問いかけに、ロンは苦笑する。

「……じいさんは元気すぎるくらい、元気」

　四月に入ってすぐ、良三郎は退院して自宅へ戻った。杖を使ってはいるものの、日常生活にはほとんど支障がない。清田弁護士とも顔合わせをして、一応は認めているらしい。ただ、良三郎からはひそかにこう言われている。

　――入居者としてふさわしくないと判断したら、すぐに叩き出すからな。

　判断基準は謎だが、当面はひっそりと活動するほうがよさそうだ。悪目立ちして、良三郎に目をつけられたら敵《かな》わない。「横浜中華街法律事務所」の生命線は、良三郎が握っていると言えた。

　マツは「なるほど」と強引に話題を引き取り、ビールの入ったグラスを掲げた。

「そんじゃ、ロンのじいさんの退院を祝して……」

「今、関係ないだろ」

「なんでもいいんだよ、お題目は。再度、乾杯！」

　グラスを重ねながら、欽ちゃんは柔らかく笑っていた。そんな表情を見るのはいつぶりだろう。須藤が亡くなってからというもの、欽ちゃんは怒りと悲しみの渦から抜け出せずにいた。けれどようやく、一歩外へと踏み出すことができたのかもしれない。

「乾杯」

ロンは誰にも聞こえないほど小さな声でささやき、ウーロン茶のグラスを掲げた。

脳裏には、幼い日に見た〝風船紳士〟の微笑が浮かんでいた。

＊

エメラルドは、和名で「翠玉」という。

その話を思い出すたび、あの店の名前がよぎる。翠玉楼、という名前はいったいどこから思いついたのだろう。私がエメラルドのネックレスをするようになったのは、あの店を出てからだ。単なる偶然の一致に過ぎない。

「くだらない」

つぶやいて、グラスをカウンターに置く。

このバーは会員制だ。誰も私のことを知らないし、興味を持たない。たとえ指名手配犯であっても、ここではくつろぐことが許される。今日はすでにストレートで二杯飲んでいる。外で飲む時は、本格的に酔う前に帰るのが私の習慣だ。

支払いを済ませ、店の前に呼んでいたタクシーに乗りこむ。窓外を流れる夜の街を眺めながら、先日の出来事をぼんやりと思い出す。

――小柳龍一。

間接的ではあるが、彼と会ったのはみなとみらいでの一件以来だ。

殺すのを躊躇しなかった、といえば嘘になる。彼は私の実子であり、戸籍上もその関係はいまだ消えていない。できるものなら殺さずに済ませたかった。だが、それはムリだ。不可能なのだ。あの状況に陥った以上、彼を始末する、という判断をするしかない。

中華街から逃げたあの日、運命は決まった。

私は暗い世界で生きていく。そして、私を闇へと追いやったこの街に復讐《ふくしゅう》する。

タクシーが赤信号で停止した。目の前の横断歩道を、若者たちの集団が通り過ぎていく。男女五人組だ。彼ら彼女らは酔っているのか、肩を寄せ合い、大声ではしゃぎながら横断歩道を渡っていく。

唐突に、最後尾を歩いていた男子の横顔がヘッドライトに照らされた。

——えっ？

私は目を細めた。一瞬だが、彼の横顔が息子に見えた。

「龍一？」

しかし目をこらすとまったくの別人だった。大きく息を吐き、後部座席に身を沈める。

信号が青に変わり、タクシーは発進した。

——龍一だったら、なんだって言うの？

小柳龍一は、もはや私の人生とは関係ない。私は母という役目をとっくに降りたのだから。

タクシーのヘッドライトは夜の闇を切り裂いていく。しかしどれだけまばゆい光でも、この世のすべてを照らし出すことはできない。光が差せば、必ず同時に闇が生まれる。完《かん》璧《ぺき》に明るい世界など存在しない。

私が光の側に行くことは、二度とない。

（第6巻に続く）

Haruki Bunko
ハルキ文庫

い 27-5

ディテクティブ・ハイ 横浜《よこはま》ネイバーズ❺

著者
岩井圭也《いわいけいや》

2024年7月18日第一刷発行

発行者
角川春樹

発行所
株式会社角川春樹事務所
〒102-0074 東京都千代田区九段南2-1-30 イタリア文化会館

電話
03（3263）5247（編集）
03（3263）5881（営業）

印刷・製本
中央精版印刷株式会社

フォーマット・デザイン 芦澤泰偉
表紙イラストレーション 門坂 流

ISBN978-4-7584-4650-1 C0193 ©2024 Iwai Keiya Printed in Japan
http://www.kadokawaharuki.co.jp/［営業］
fanmail@kadokawaharuki.co.jp［編集］ ご意見・ご感想をお寄せください。

佐々木 譲

道警・大通警察署シリーズ

Haruki Bunko
ハルキ文庫

新装版
笑う警官

新装版
警察庁から
来た男

新装版
警官の紋章

巡査の休日

密売人

人 質

憂いなき街

真夏の雷管

雪に撃つ